葉嘉瑩作品集

詩歌自有其生生不已之生命，呼喚著讀者的共鳴。

阮籍詠懷詩講錄

葉嘉瑩　著

《葉嘉瑩作品集》序言

最近台灣的大塊文化公司擬出版我的作品集系列，電郵傳來書目計有十八種之多，囑我為此一系列寫一篇序言。本來早在上個世紀九十年代中，大陸的河北教育出版社就曾出版過我的一個系列，題名為《迦陵文集》，共收有我的作品十種。其後台灣的桂冠圖書公司又重加增補編定，於世紀交替之際為我出版了另一個系列，題名為「葉嘉瑩作品集」，共出版了我的作品有二十四冊之多。繼之則大陸的北京大學出版社於二〇〇七年為我出版了兩個系列，其一是「著作集八種」，其二是「說詞講稿七種」。而與此同一年，北京的中華書局則為我出版了「說詩講稿」的一個系列，計有六種之多，此外還為我出版了一冊《迦陵詩詞稿》。

如今大塊文化又將為我出版另一個「葉嘉瑩作品集」的系列，其緣起蓋由於熱心文化事業的大塊文化董事長郝明義先生，於二〇〇九年之秋，曾經舉辦了一個以「經典3.0」為名的兩岸三地名家之系列講座，當時我亦忝蒙邀約做了一次關於晚唐詩人李商隱的講演，由此遂與郝明義先生相識。郝先生不僅熱心於對傳統文化之宣揚，同時也熱心於對幼少年文化素質之培養。他不僅將經典3.0系列講座分別出版了成人版和兒童版兩個系列，而且還曾親到天津南開大學聽過我的講座，更曾攜其公子來與我相見談話，而且還曾邀請我為古典詩詞做了一系列的演講和吟誦錄音。其關心文化之精神，使我極為感動。至於現在他所主持之大塊文化公司所計劃為我出版的，則是以台灣桂冠的舊版二十四冊書稿為底本，更增加或參考了大陸新出的諸版本，擇優而選取的一個系列，將分為兩批出版。第一批將出版的有九種，計為：1.《迦陵說詩講稿》、2.《迦陵論詩叢稿》、3.《漢魏六朝詩講錄》、4.《阮籍詠懷詩講錄》、5.《陶淵明〈飲酒〉及〈擬古〉詩講錄》、6.《葉嘉瑩說初盛唐詩》、7.《葉嘉瑩說中晚唐詩》、8.《葉嘉瑩說杜甫詩》、9.《杜甫秋興八首集說》。其中的第6、7、8三種，都是以前桂冠所沒有，而據大陸新本補入的。第二批將出版的九種，計為：1.《迦陵說詞講稿》、2.《名篇詞例選說》、3.《唐宋詞十七講》、4.《唐宋詞名家論稿》、5.《我的詩詞道路》、6.《迦陵雜文集》、7.《迦陵詩詞稿》、8.《迦陵學詩筆記》、9.《中國古典詩歌的美感特質與吟誦》。此一系列若只從書名來看，固與舊日桂冠所出版的諸書多有相合之處，但事實上在內容方面已經有所增添，尤其第九種則屬首次出版的全新書種。而且第八種《迦陵學詩筆記》，原來桂冠出版者曾加有一個副標題，名為「顧羨季先生詩詞講記」，分別為上下兩冊出版，今日大塊所出版者內容則較前更為豐富。蓋以桂冠所出版者只是由顧羨季先生之女之京師妹所整理的、我當年聽講筆記之一部分而已。近年來，之京師妹把我所攜回的多冊筆記陸續整理完畢，乃是我當年聽顧先生講課的一冊最完整的筆記。回憶當年在北京輔大女校舊恭王府中聽顧先生講課的往事，蓋已有七十年以上之久了。人生易老而文化長存，我平生歷經憂患，而今已步入耄耋之年，每念及當日羨季師對我的教誨和期許，愧疚之餘，仍不敢不自勉勵。而所有歷年為我出版各種系列文集之友人，其關懷文化之熱心，都使我極為感動。謹借此機會向大塊文化公司郝明義先生與前此為我出版諸系列文集的出版社和朋友們表示感謝之意。

回首數十年來，我一直站立在講堂上講授古典詩詞，蓋皆由於我自幼養成的對於詩詞中之感發生命的一種不能自已的深情的共鳴。早在一九九六年，當河北教育出版社為我出版「迦陵文集」時，在其所收錄的《我的詩詞道路》一書的前言中，我就曾經寫有一段話說：「在創作的道路上，我未能成為一個很好的詩人，在研究的道路上，我也未能成為一個很好的學者，那是因為我在這兩條道路上，都並未能做出全心的投入。至於在教學的道路上，則我縱然也未能成為一個很好的教師，但我卻確實為教學的工作投注了我大部分的生命。」

我自一九四五年開始了教書的生涯，至於今日已超過一甲子。如今我已是九十歲的老人，仍然堅持站在講臺上講課，未曾停止下來。記得我在一九七九年第一次回國教書時，曾經寫有「書生報國成何計，難忘詩騷李杜魂」兩句詩。我現在仍願以這二句詩作為序言的結尾，是詩歌中生生不已的生命使我對詩歌的講授樂此不疲的。

迦陵　壬辰年三月二十三日於南開大學

目錄

原版前言

這一冊《阮籍詠懷詩講錄》，原是二十世紀六〇年代我在台灣任教時，為台灣教育電臺播講大學國文時之講課錄音。在播講期間，我絲毫也沒有要將所播講之內容整理成書之計畫，所以在當時並未把播講之內容錄音保存。誰知相隔三十餘年，竟然在大陸被整理記錄成書。這實在是當初我完全沒有意想到的一件事。回思往事，從我之接受播講的邀請，以至今日之編錄成書，這期間原來頗有一些巧合的機緣。現在我就將這些巧合的機緣略加敘述，並對與這些機緣有關的友人們表示感謝。

先從當年被邀擔任大學國文播講的一段機緣談起。我從二十世紀五〇年代初即開始在台灣大學任教，其後又相繼被邀往淡江大學及輔仁大學兩校兼課。當時在淡江大學任中文系主任的許世瑛先生與我家原有世交，且為我的師長一輩。當我渡海抵台經歷過一段憂患之後，介紹我入台灣大學任教的，就是許世瑛先生。其後許先生任淡江中文系主任，遂又邀我至淡江兼課。及至六〇年代中，許先生因久患目疾，視力日損，其所擔任的大學國文播講課程之教材，則字體甚小，因而日感不便，遂堅意邀我去接替他的課程。最初我本不敢接受此一邀請，一則是因為我那時已在三所大學任教，工作極為忙碌，實已無暇增加任何教課之任務；再則也因為大學國文廣播節目所選用之教材，其涵蓋面頗為廣泛，有些內容如《說文解字・序》之類，並非我所專長。何況此一廣播之收聽者乃是社會大眾，我深恐萬一在講說中倘或有所失誤，豈非愧對許先生之推薦。因此我對許先生之邀請，曾堅持甚久，不肯接受。但半年後許先生之視力已衰減至幾乎不能閱讀之地步，我遂終於不得不接受了許先生之推薦，接替了他的大學國文廣播教學之任務。而今日所整理出版的阮籍的《詠懷詩》，則正是當日大學國文廣播教學中的一篇教材。這自然是今日得有此書出版的第一段機緣。

不過我當日對自己所播講的大學國文課程，既未曾錄音保存，今日之有此一批音帶，則是由於我自一九六九年到加拿大任教後，當時有幾位從台灣來的研究生，他們知道我在台灣曾經有此套廣播教材，希望能獲得這些教材的錄音作為他們自己課外學習之參考。我遂函請在台親友與台灣教育電臺聯繫，請他們為我複製一套音帶寄至加拿大。當時台灣應允只能複製成圓盤式之大型音帶，不能製成卡式音帶，而若將全部廣播教材都製成圓盤式音帶，則數量極大，郵寄起來頗為不便，所以在台之親友就只為我錄製了教材中有關詩歌和辭賦的部分音帶。而這些圓盤式音帶現在播聽起來極為不便，所以當我收到這些音帶後，就又請人為我轉錄成了卡式音帶。多年來經過學生們的輾轉播聽，其中部分音帶已經模糊不清，而且音帶頗有失落，次第已不復銜接。何況從我自加拿大的不列顛哥倫比亞大學退休後，這些音帶已久被擱置不再被學生們借去聽用。誰知兩年前竟有在溫哥華的一位友人施淑儀女士篤好中國文學，不僅熱心於借取音帶去播聽，而且曾經為我將部分音帶重加整理複製。恰好近年在天津有一些曾在南開大學聽過我講課的學生，正熱心於整理我講課的錄音。於是我遂把施女士為我重新錄製的一套阮籍《詠懷詩》的音帶，也帶來了天津。這自然可以說是今日之得有此書出版的第二段機緣。

當我把這套阮籍《詠懷詩》的廣播音帶攜來天津後，也並沒有要請天津的幾位舊日學生將之整理寫出之意。因為她們所整理的大多是我近年來的一些講課錄音，而並不是我在台灣時代的廣播錄音。那些講課的錄音已經數量極大，當然一時無暇再整理這些廣播錄音。而說到我的講課錄音之被整理，也原有一段機緣。因為我過去在講課和講演時，一般都是不錄音的，直到一九七八年夏天，美國東岸有一批愛國的文藝工作者，組織了一個文藝夏令營，堅邀我去參加。在那次聚會中，大多數人所發表的都是比較進步的言論，只有我所講的乃是幾首古典詩歌的評賞，我原以為我之所講頗為不合時宜，誰知聽眾的反應竟極為熱烈。當時在座的有一位在紐約聯合國工作的尹夢龍先生，正在主編一冊題名為《海內外》的雜誌，他當時不僅把我的講話全都錄了音，而且很快就由他交給人整理出來在他的刊物中發表了。自此以後，尹先生遂要求我把當時在加拿大講授的詩詞課，都錄成音帶寄給他交人去整理發表。這可以說是我的講課之被整理發表的一個開始。其後我即養成了講課錄音的習慣，於是才有以後天津的舊日學生為我整理音帶的工作。這幾位學生雖是在南開聽過我的課，但其實都是天津師大的校友，那就是現在天津電大任中文系主任的徐曉莉，在南開中國文學比較研究所任秘書的安易，與在天津市鈴鐺閣中學任語文教師的楊愛娣，如果不是有她們三個人多年來對聽我講課（包括聽錄音帶的講課和整理）所表現的熱心，我是不會把多年前在台灣播講大學國文的音帶攜帶到天津來的。以上種種當然也都是造成此一冊《阮籍詠懷詩講錄》之得以輯錄成書的另一些可貴的機緣。

不過，儘管有著以上的一些機緣，但是我之把阮籍《詠懷詩》的音帶攜來天津，卻原來並沒有將之整理成書的意思。如今之被整理成書，則是出於又一次巧合的機緣。這本書的寫錄執筆人——劉志剛先生，也是一位在南開大學曾聽過我講課的舊日學生，與舍侄葉言材曾是南開大學中文系的同班同學，目前在天津教育出版社任編輯室負責人。今年春天由舍侄陪同他及另一位他們同班同學、現在南開大學中文系任教的趙季先生一同來看我，談話間提及我這裡有這一批阮籍《詠懷詩》的教學音帶，劉志剛先生當即提出願為我將之整理成書的意願。原來趙季先生在中文系讀書期間就曾為我整理過柳永詞的教學音帶，文筆極好。我對他們這一班同學頗有信心，就同意了劉志剛先生的提議；而且此事也得到他們出版社的大力支持。此事商定後不久，我就離開天津返回了加拿大，其後又於六月去了美國。誰想到劉志剛先生整理的速度極快，七月我就在美國收到了他寄來的稿件。本來我以為這一批在台灣教育電臺錄製的播講教材，整理起來要比我在課堂中講授的錄音困難得多，因為課堂中的講授所面對的乃是現場的學生，平日師生間既有理解和情誼，而且講課可以一氣呵成，所以講起來自然有一種生動流暢的氣氛。可是在錄音室中的播講則不同了，錄音室中所面對的只有一支冰冷的麥克風，氣氛自然要生硬得多，何況每次錄音只有半小時，開講前還要播放一段音樂，而且為了聽眾程度之並不整齊，所以每次都要對教材的題目和頁數，以及上一次的進度，做一些簡單的交代。因此，錄音帶中自不免有許多重複之處，這些地方當然都需要整理的人重加剪裁和編排。從劉志剛先生寄來的文稿看，其文字頗為簡淨，可以想見他在整理中是必然下過一番重加剪裁和編寫的工夫的。此外，如果把這批依據錄音室中的錄音而整理出來的講稿，與另外依據課堂中的講課錄音而整理出來的講稿相比較，也許讀者們就會發現後者雖顯得更為流暢生動，但前者在注釋和考證方面，卻實在更為詳盡。不同的講授場合與不同的聽眾對象，自然會造成了講授方式的種種不同。這一冊《阮藉詠懷詩講錄》，乃是我在播音室中的講課第一次被整理成書。可以說是一種新的嘗試。至於內容中所講的作者——魏晉時代的名詩人阮籍及其《詠懷詩》，則我在本書的講錄中論述已多，在此就不再更加贅述了。

葉嘉瑩

一九九六年十月十六日寫於南開大學

一　意旨遙深的詩人——阮籍

阮籍的詩富於蘊藉、沉摯的意趣，在「竹林七賢」之中，在「正始時代」的作家之中，阮籍的文學成就可稱為第一人。

阮籍（二一〇～二六三），字嗣宗，陳留尉氏（今屬河南省）人。

阮籍是中國文學史上繼建安文學之後正始文學時代的詩人。當時，正處於魏晉之交的時代，社會上有一群文士，他們崇尚老莊的道家思想，厭惡、不拘泥於世俗的俗儒的禮法。他們唾棄名教，以為經學是如此之破碎與支離，他們的生活是這樣的任放、曠達、縱酒，安於放逸、恣睢。從外表來看，這一群文士都是放浪、恣縱、不守禮法的人物，可是，從他們內心深處來看，我們就會發現，他們的生活之所以如此的放浪、恣縱，是有一份內在的悲哀和痛苦的因素存在的。中國自東漢後半期以來，歷經了「黨錮之禍」、「黃巾之亂」，其後，又經過「董卓之亂」，形成了「三國」的分裂局面。曹魏之篡漢、司馬氏之篡魏，這種種的戰亂、篡奪，使得社會是如此的不安定、不可信賴，時代是這樣的黑暗、沒有希望。所以，當時許多文士在對現實失望之後，同時，又在現實的種種迫害之中無可逃避，不得已才過著這種放浪、恣睢的生活。像阮籍、劉伶，他們耽溺於飲酒，希望用飲酒來忘懷煩惱，以飲酒來遠離災禍。當時，在這一群文士之中，最出名的是「竹林七賢」。

「竹林七賢」是指懷縣（今屬河南省）的山濤、向秀，尉氏（屬陳留郡，今屬河南省）的阮籍、阮咸，銍縣（今屬安徽省）的嵇康，沛國（今安徽宿縣西北）的劉伶，還有臨沂（今屬山東省）的王戎。在「竹林七賢」之中，山濤和王戎雖然很崇奉老莊的道家學說，但也非常縈心於名位利祿，所以，他們二人的生平在「竹林七賢」之中是比較富貴、顯達的，而不以文學著稱，也沒有留下很多很好的作品。向秀、劉伶、阮咸雖然留下一些作品，但不算很多，只有向秀的《思舊賦》、劉伶的《酒德頌》等較為著稱。那麼，在「竹林七賢」之中，真正倜儻不群，富有個性，而且在文學上又有較大成就的自然就是嵇康和阮籍了。這兩個人的作品風格並不完全相同。阮籍作品的風格是寓意遙深，志氣曠逸。前人評他們二人的詩，常說：「嵇志清峻，阮旨遙深。」（《文心雕龍・明詩》）意思是說，嵇康的詩清新、峻切，阮籍的詩意旨遙遠、深微，難以測知。

關於阮籍的詩寄託之深遠，是歷來批評詩的人所公認的，所以，百世以下難以測其意旨之所在。而且，我們從他的詩中可以看到，他的志氣真是如此之狂放，如此之縱逸。嵇康詩所表現的是風格清峻，氣宇傲岸。阮籍詩表現的則是這樣的幽微、深隱，蘊藉深厚，不是明白地寫出來的。嵇康的詩作得比較發揚，比較顯露，有鋒芒，有稜角，才高志逸。阮籍的詩則是婉曲繾綣，真是「怨誹而不亂」。如果以詩歌的藝術價值來說，嵇康的詩雖然也寫得很好，但是，寫得過於直率了，缺乏含蓄，沒有蘊藉；阮籍的詩則正如《史記・屈原賈生列傳》所說，屈原的《離騷》是：「國風好色而不淫，小雅怨誹而不亂。」雖然有一份哀怨之意，可是寫得不是十分地激切，仍然有節制，很含蓄。所以說，阮籍的詩尤其富於蘊藉、沉摯的意趣。在「竹林七賢」之中，在「正始時代」的作家之中，阮籍的文學成就可稱為第一人。

阮籍的父親阮瑀是「建安七子」之一，他的老師是東漢末年著名的學者蔡邕。阮瑀「工於詩文，長於書翰」，詩、文和書信寫得都很好，曾擔任過曹操的記室。阮瑀、阮籍父子二人，可以說是「家學淵源」。

歷史上記載，阮籍「容貌瑰傑，志氣宏放，傲然獨得」，「喜怒不形於色」（《晉書卷四十九・列傳第十九》）。說他容貌長得非常俊傑，志氣非常奔放，表現的態度是傲然獨得。喜怒之情，他可以節制、隱藏在內心，而不形於顏色。為什麼他形成了這樣的作風呢？因為在他所處的魏晉之交的衰亂之世，不如此含蘊就不足以遠禍全身。在阮籍的性格上，一方面他的生活非常放浪，秉賦有豪放的志意，不受一切外在的禮法的拘束；另一方面，他為了能夠在衰亂之世委曲求全地保全自己，而在內心非常有節制。我們說阮籍的詩之所以寫得這樣寓意遙深，他的為人之所以這樣喜怒不形於色，正是因為他有著兩種相反的情感的緣故。在當時，有些人能夠委曲地保全自己，果然就苟且諂媚，做了一些在品格上非常卑微的事情；而有一些人不能委曲地保全自己，就一味地豪放，因此而獲罪，像嵇康就是如此被殺死的。阮籍是具有他那種放浪的情懷，同時，他也有在亂世之中為保全自己而委曲求全的一份苦心。他的詩之所以寫得好，正是因為他有這種互相矛盾的兩重痛苦和悲哀的緣故。

在歷史上還記載著阮籍「口不臧否人物」，在他口中不輕易批評人的善惡。當時有一些人故意與阮籍談話，像當年讒毀嵇康的鍾會，也非常忌恨阮籍。鍾會當時任司隸校尉，他「數以時事問之」，多次讓阮籍對當時政事進行評論，希望從阮籍的口中得到他對當時一些人物的批評作為把柄，然後再給阮籍加上一些罪名，而阮籍絕口不臧否人物，「皆以酣醉獲免」，所以，鍾會等人無從得到把柄，這也正表現出阮籍委曲求全、自我節制的一份苦心。

歷史上還記載著阮籍好讀書，愛山水，常任意出遊，「不由徑路，車跡所窮，輒慟哭而返」。他喜歡讀書，也喜歡遊玩山水。他常常任意地駕車出遊，但不按著一般人所經過的路徑走，而是任意而行，當走到途窮、無路可走的時侯，就慟哭著轉回來。對於阮籍的這種行為，我們如果只是從外表來看，就會懷疑他是不是精神上有問題。因為每個人走路都是有目的地的，都是要遵循一定的路線的，而阮籍是任意出遊，既沒有一定目的，又不遵循道路，而且途窮而返。他的這種行為正表現其內心深處的那一份悲哀。在他認為，生活在魏晉之世的黑暗、衰亂的時代之中，真是人生日暮途窮，無路可走。所以，他外表的狂放，看似不正常的行為，實在只是內心的一份悲苦、一份幻滅的表現，是一種絕望的悲哀無可發洩的表現，因此，他走到窮途後就慟哭而返。

歷史上還記載著阮籍有一次登上了當年劉邦與項羽作戰的廣武山，當他目睹舊時楚漢相爭的作戰遺跡時，不禁歎息道：「時無英雄，使豎子成名！」他認為可惜當年沒有英雄，使得這兩個小小的人物成名而流名千古了。我們說既然阮籍「口不臧否人物」，「喜怒不形於色」，那麼他在這裡所歎息的又是什麼呢？從表面上看，他只是批評當年楚漢之爭中的劉邦和項羽，認為當時沒有英雄，使「豎子成名」了，而其實，阮籍是非常含蓄、蘊藉地表現了感慨古今的一份深意，他是在感歎在一個衰亂的時代，沒有一個真正偉大的英雄人物能夠拯拔、能夠救濟正處於水火塗炭之中的人民。他對時代危亡的慨歎和失望的悲哀之情，都在這兩句話中深深地表現出來了。阮籍還有一次登武牢山，當他站在山頂俯視國家的都城京邑時，於是就寫作了一首《豪傑詩》（已佚），發出了同樣的感慨和歎息：「登高望遠，今古蒼茫。」他想到了時代的危亡，想到了拯救危亡的豪傑之不可得，於是就表現出了一份很深的情意。

阮籍博覽群書，尤其喜歡老莊之學。他曾經作過一篇文章，叫《達莊論》。文章所敘寫的是老莊「無為」的修養精神的可貴。「無為」是一種消極的哲學思想，是一種衰亂之世的哲學思想，尤其是在阮籍所處的魏晉之交的時代，所以，他特別愛好老莊的學說，《達莊論》就是寫這種無為的可貴。當時，有一個叫蔣濟的人，官至太尉，他聽說阮籍有很傑出的才能，就邀請阮籍到他的手下來做掾屬。但阮籍不願意去，於是就奏記懇辭，寫了一篇表達自己辭職願望的奏記。然而蔣濟大怒，「親故乃敦勉之而就職，旋謝病歸」。以當時蔣濟的地位請他出來做掾屬，而他不肯去，得罪了蔣濟，這是對他很不利的事情。為此，親戚、故舊都來敦促、勸勉他去就職，但他就職後不久就推說身體有病而辭職回家了。可見，阮籍真正的思想是不願意在此亂世事奉這些做官的人物。

然而，阮籍畢竟曾經屢次出仕，是為什麼呢？前面我們曾分析過，阮籍一方面有非常放浪的志意，對當時的時代非常失望、不滿，但另一方面，他又有一種委曲求全的苦心，能夠節制自己。所以，他屢次出仕又屢次辭官，我們從中正可以看到他內心矛盾掙扎的痛苦。後來他又做過尚書郎，「少時，又以病免」，時間也很短，他又以有病為由辭掉了這個官職。當曹爽（曹真之子，曹真是曹操的養子）輔政的時候，曾經召請阮籍做他的參軍，而「籍因以疾辭，屏於田里」。阮籍仍然以他自己有病而努力推辭，回去隱居在自己的田園之中了。當時，曹爽在魏明帝的時候權位極盛，明帝繼位後，他曾經都督中外諸軍事，還曾經錄尚書事。可是，曹爽與司馬懿意見不合，當魏明帝臨崩的時候，魏明帝召曹爽與太尉司馬懿兩人一同來接受遺詔，讓他們共同輔佐齊王芳。齊王芳繼位後，曹爽被封為武安侯。因此，曹爽就非常驕縱，他的飲食，所乘的車子，所穿的衣服，「擬於乘輿」，差不多相當於皇帝的享受了。像曹爽這樣一個非常驕縱的人，阮籍當然是不肯事奉他的。當時，司馬懿也很有野心，他在忌恨之下後來就把曹爽殺死了。曹爽失敗以後，很多人非常佩服阮籍，認為他當時辭去做曹爽的參軍一職是非常有遠見的。此後，當司馬懿為太傅和司馬懿的兒子司馬師做大司馬的時候，都曾經請阮籍出來做從事中郎。高貴鄉公曹髦（魏文帝之孫）繼位後，司馬師的弟弟司馬昭當國。司馬昭曾任大將軍，專擅國政，自為相國。他曾封阮籍做關內侯，又遷徙阮籍做散騎常侍，也曾任阮籍為東平相。阮籍在任東平相期間，其法令非常清簡，政治非常清明。這樣看，豈不是阮籍在司馬昭當國期間也曾出仕嗎？

歷史上記載著阮籍這樣一件事：有一次，司馬昭想替他的兒子司馬炎向阮籍求為婚姻，要阮籍把他的女兒嫁給司馬昭的兒子，阮籍知道司馬昭的用意後，便常常飲酒，一醉達六十天之久，使司馬昭的人一直沒有機會與他談及此事。可見，常常沉醉於酒也是阮籍委曲保全自己的方法。所以說，阮籍並非甘心依附權貴，他雖然在司馬昭當國期間屢次出仕，也只不過是他在亂世中苟且保全自己的權宜之計，是不得已而為之。此後，阮籍「聞步兵廚營人善釀，有貯酒三百斛，乃求為步兵校尉」。他聽說步兵廚貯存的好酒有三百斛之多，就要求去做步兵校尉。但時間不長，他又謝病辭歸了。故史稱他為「阮步兵」。

前文已經提及過司馬昭，此人野心極大，曹髦當時就曾說：「司馬昭之心，路人皆知。」可見，司馬昭的野心人人都知道。他曾殺了高貴鄉公曹髦而立曹奐（曹操的孫子，史稱魏元帝，後被司馬昭之子司馬炎篡位後廢為陳留王）。魏常道鄉公景元四年的時候，司馬昭權力盛極一時，有篡逆的野心，他自稱「晉公」，受「九錫」。當時，像鄭沖等一些司馬昭的黨羽，就聯名勸進司馬昭接受「九錫」。勸進的表文由誰來寫呢？鄭沖等人便讓阮籍來寫。阮籍對司馬昭的篡逆野心是非常清楚的，怎麼能甘心情願寫這樣的表文呢？但是，嵇康被殺（景元三年）之事使他心存懼畏。他知道如果拂逆鄭沖等人的意思，自己是無法保全的。所以，他不得已就接受了。

阮籍在《為鄭沖勸晉王牋》中，表面上雖對司馬昭表示頌揚，讚美司馬昭可以媲美於當年的伊尹、周公、齊桓、晉文，可以成為輔佐君主的賢臣。但他在文章結尾的地方仍諷以「支伯」、「許由」，在暗中隱約地露出了諷喻的深意。他說：「然後臨滄洲而謝支伯，登箕山以揖許由。」意思是說，當你輔佐國家功成業就之後，就可以到滄洲那裡去見支伯，可以到箕山那裡去見許由。支伯、許由是怎樣的人呢？支伯和許由是古代的兩個高士。《莊子》記載，舜要讓天下給支伯，支伯不肯接受；堯要讓天下給許由，許由也不肯接受。所以說支伯和許由是堯舜讓天下給他們，而他們是不肯接受的人。阮籍在文章的結尾用此典故諷喻的深意是，希望司馬昭不要有取天下的篡逆野心。如果能夠在功成業就之後就放下這份功業，消除篡逆的野心而高隱起來，那才能真正證明你品格上的完美和高潔。可以說阮籍在此文中真是極盡含蓄之能事了，表現出他是在一種矛盾與被迫的痛苦之中寫出來的。當時許多人都認為這篇表文寫得是非常清壯的。就是在這一年即魏元帝曹奐景元四年的冬天，阮籍死去了，享年五十四歲。

關於阮籍的為人，歷史上記載說，他「內心淳至，以孝稱，而疏於禮法」。雖然他外表的行動很放浪，而真正內在的品性是非常淳厚、非常篤摯的，並且以孝順著稱。有一天，阮籍正和一位朋友下棋。這時，有人把他母親死了的消息告訴他，他的朋友想要停止下棋，但他卻對下棋的朋友說，請終此局。在一般人看來，母親死了還要下完這盤棋似乎是很不孝順的，可是，阮籍不在乎外表的虛偽的禮法，其實，他內心是極其悲哀的。下完這盤棋後，他就放聲一慟，嘔血數斗，而且「哀毀骨立，杖而後起」。這不是表面的哀毀，而是內心的極度哀毀。當時人們以弔喪為重，當中書令裴楷來弔祭阮籍母親之喪時，阮籍散髮箕踞，醉而直視。他就披散著頭髮，很沒有禮貌地箕踞而坐，而且喝醉了酒，兩隻眼睛一直向前看，既不給裴楷答禮，也不哀哭。裴楷仍然盡他的弔喪之禮。當時有人問裴楷，既然阮籍沒有給你答禮，你為什麼還盡喪祭之禮呢？裴楷回答說，阮籍那樣的人物是在禮法以外的，他可以像他那樣行事；我們是一般的尋常人，是在禮法以內的，是應該遵守禮法的。此外，阮籍疏於禮法，他遇俗士則白眼沉默；遇知己就以青眼相對。歷史上記載說，嵇康的哥哥來見阮籍，他就以白眼相對；嵇康自己來見阮籍，他就以青眼相對。

阮籍所處的魏晉之交的時代，天下紛紜，權奸與親貴之間互相交訌，政情異常混亂。如果在行動舉止上偶不小心，馬上就會招來殺身之禍。當時的名士，很少有人能夠保全自己的，不是同流合污，就是遭遇到殺身之禍。於是，阮籍就「脫略世事，寄情曲蘖」，「發言玄遠，口不臧否人物」，為韜晦自保之計。他為了擺脫世俗的塵事，而寄情於飲酒酣醉。他說話非常玄妙、非常深遠，讓人感到莫測高深。在他口中不輕易批評當時人物的善惡，他要韜光養晦，自我保全。在魏晉之交的諸多名士中，像山濤、王戎等人就都出來仕宦了，而且官還做得很高；像劉伶就放浪終身；而嵇康則因為個性的激切，就被讒毀致死了。阮籍既不肯做那種依附權貴、苟且謀求名利的行事，又想在亂世之中委曲地保全自己，所以，在「竹林七賢」之中，他是內心最為矛盾、最為痛苦的一個人。因此，他常常「夜闌酒醒，難去憂畏，逶迤伴食，內慚神明。耿介與求生矛盾，曠達與良知互爭，悲涼鬱結，莫可告喻。對天咄咄，發為詩文」了。他處在矛盾與悲哀的感情之中，當夜深酒醒之後，對時代的憂思、對生死的畏懼，真是難以驅除。如果委曲求全地得到一官半職的利祿，心裡非常慚愧，真是內慚神明，自己耿介的性格與求生的苦心相互矛盾。老莊哲學的曠達與他良知上所忍受的悲苦互爭，內心真是「悲涼鬱結」，而這種痛苦又沒有一個人可以訴說，所以，對天「咄咄」，感慨、歎息，咄咄書空，把零亂、悲苦的內心感情用詩文表現出來。

阮籍曾經寫過一篇《大人先生傳》，這是一篇諷世的文章。文章說：世之所謂君子「唯法是脩，唯禮是克。手執珪璧，足履繩墨。行欲為目前檢，言欲為無窮則。少稱鄉閭，長聞邦國。上欲圖三公，下不失九州牧」。阮籍以為世界上所謂的君子在外表上表現得守法、守禮，其實是為了保全自己的一點利祿，他們果真內心對禮法是如此信仰、如此有感情嗎？不是的。他們只是要博得外表的虛偽的名聲。他們手持珪璧（做官的人所拿的玉器），走路的腳步、行為都要合乎法度，要合乎禮法的檢點，言語要留下後世無窮的準則。少年時就要在鄉黨之中得到美好的稱譽，年長之後，要在鄰國之中得到美好的聲名。他們為的是什麼呢？不過是為了富貴利祿而已。所以，向上說他們所圖的是三公的地位，就是降一等，也希望不失九州牧的官職。真是一群蠅營狗苟追求利祿的人。他在文章中又說：「且汝獨不見夫虱之處於褌之中乎！逃於深縫，匿乎壞絮，自以為吉宅也。行不敢離縫際，動不敢出褌襠，自以為得繩墨也。……然炎丘火流，焦邑滅都，群虱死於褌中而不能出。汝君子之處寰區之內，亦何異夫虱之處褌中乎？」難道他們沒有看到這些人就像蝨子隱藏在深深的褲子縫隙之中，隱藏在破爛的棉絮之中，還自以為所找到的是最好的地方。走一步不敢離開褲子的縫隙，動一動也不敢離開褲襠，自己還以為守的是禮法呢！可是，當大地似流火一樣地炎熱起來，各地城邑被燒得炎熱的時候，這群蝨子就死在褲襠中而不能逃出去。所以，那些追求富貴利祿的人，他們生存在這個天地之內，一旦有一天真的遇到篡弒危亡的時候，就跟隱藏在衣褲之中苟且求得一時保全的蝨子有什麼不同呢？他們是無法躲藏的。「蓋悲於學絕道喪，禮法為權奸所玩弄，而俗士則依附以求全，固有所激而云然也」。他是悲哀當時的人一切理想都滅絕了，一切美好的道德都喪失了，而當時的禮法都成了權奸的玩物了。像當年魏文帝之篡漢，後來司馬炎之篡魏，他們外表上都是假借禪讓的美名，而世俗的人還要依附於這些權奸，求得苟且的保全，真是像蝨子處於褲中一樣。我們從中可見阮籍的激憤之情溢於言表。

關於阮籍的著作，在《隋書・經籍志》中記載，《曹魏步兵校尉阮籍集》有十卷，《舊唐書・經籍志》、《新唐書・藝文志》各著錄有《阮籍集》五卷。其實，他原來的集子很早就散佚了。嚴可均編輯的《全晉文》有阮籍的文章三卷（卷四十四至四十六），共二十篇（《全上古三代秦漢三國六朝文》）。明朝張溥編輯《漢魏六朝百三名家集》也收錄有《阮步兵集》。還有馮（惟訥）氏的《詩紀》，輯存有阮籍的詩八十七首。丁福保編輯的《全三國詩》卷五裡也有阮籍的詩。

阮籍的詩流傳至今共有八十七首，其中有八十五首都題名「詠懷」。在這八十五首詩之中，有兩種不同的體式，其中八十二首是五言的詠懷詩，另外有三首是四言的詠懷詩。此外，還著錄有「短歌」兩篇。這些詩均收在近人黃節先生所編著的《阮步兵詠懷詩注》（民國十五年北平排印本）。

關於阮籍的生平事蹟，見於《晉書》卷四十九《阮籍傳》，還有《三國志》卷二十一，附在《王粲傳》之中。

二　寄興幽遠的詩歌——阮籍的詠懷詩

阮籍的詠懷詩，其「詠懷」之詩題就是抒寫懷抱的意思，內心之所感動的，內心之所思想的，都可以抒發出來，所以，「詠懷」所包括的內容是非常廣泛的。

阮籍的詠懷詩雖共有八十五首，但我們下面要向讀者介紹的只有十七首，就是《昭明文選》所選的十七首。

阮籍的詠懷詩，其「詠懷」之詩題就是抒寫懷抱的意思，內心之所感動的，內心之所思想的，都可以抒發出來，所以，「詠懷」所包括的內容是非常廣泛的。

阮籍的八十多首詠懷詩並非一口氣寫下來的，不是作於一個時候，而是「因物因事，情動於衷而見於吟詠。內多憂時憤激之言，而出於隱喻象徵，迂迴吞吐，耐人尋味」。無論是外界所見所聞的種種事物，還是內心感情對外界種種事物的觸發、感動，都用詩歌寫下來。所以說，這八十二首詩既沒有一定的次序，也沒有一定的主題。清朝的沈德潛曾經說阮籍的這八十二首詩是「反覆零亂」（《說詩晬語》）的。反覆零亂並非壞意，而是稱讚之詞，恰好形象地反映了阮籍內心反覆零亂的感情。這正如屈原所作的《離騷》也是反覆零亂的，但這卻正寫出了作者內心煩亂、憂思的感情。阮籍在詠懷詩中大半表現的是對當時時代的憂思憤激之言，然而，他並沒有把憤激之言明白地寫出來，而是用非常幽隱的比喻、模糊的象徵之筆法寫出來的，寫得迂迴曲折，吞吞吐吐，非常耐人尋味。後來唐朝陳子昂的三十八首「感遇」詩，李太白的五十九首「古風」詩，還有張九齡的十二首「感遇」詩，雖然題目不叫「詠懷」，但是從寫作方法上講，都是隨便看到外界的一些事物，而把它當作一種興寄引發的因素，來抒寫他們內心的感慨、哀傷。這種寫作方式就都與阮籍的「詠懷」非常相似。因此可以說，他們都是受了阮籍的詠懷詩之影響的。

關於阮籍的詠懷詩，前人有許多批評、讚美的話。如鍾嶸的《詩品》中就曾說：「《詠懷》之作，可以陶性靈、發幽思。言在耳目之內，情寄八荒之表。洋洋乎會於風雅。」阮籍的詠懷詩因為題目是抒寫懷抱的，什麼感情都可以寫進去，可以陶冶我們的性靈，可以發抒我們內心的幽微的情思。其言語字句所寫的景物好像就在我們耳目之前一樣，而它其中所蘊含的情意，真是寄託得像八荒一樣的遙遠。《詩品》又說：「厥旨淵放，歸趣難求。」其詩中的旨意真是非常淵深，非常遙遠，它最後的歸趣究竟何在？主旨窮竟是什麼？真是難以確切地指明。

晉宋之交的詩人顏延年在他的《詠懷詩注》中也說：「嗣宗身事亂朝，常恐罹謗遇禍，因茲發詠，故每有憂生之嗟。雖志在刺譏，而文多隱避。百代之下，難以情測。」阮籍當時所事奉的是如此危亂的朝廷，常常憂慮招致罪名而遇到殺身之禍，內心的憂思在徘徊與矛盾之中，一方面他有耿介放縱的個性，不甘心如此事奉權奸，而另一方面又有一種明哲保身、委曲求全的苦心。因此發詠，其詩常常有一種憂生的歎息，當然也就不免有一種譏諷的言辭，但其譏諷的言辭，不是直接、明白地諷刺，而是非常隱諱，有所避忌。後世的讀者，很難知道他的情意所在。這也正是阮籍畢竟沒有招致殺身之禍的原因。

此外，清朝的陳沆所寫的《詩比興箋》中，也曾經收錄了阮籍的詩，並加以箋注。他在《阮籍詩箋》開頭引用了上文顏延年的話之後說：「今案阮公登臨廣武，嘯傲蘇門。遠跡曹爽，潔身懿、師。其詩憤懷禪代，憑弔今古。蓋仁人志士之發憤焉，豈直憂生之嗟而已哉。」阮籍曾經登臨廣武山，吟嘯於蘇門山，在現實的政治生活中遠離曹爽，在司馬懿、司馬師之時也能夠潔身自守，而不依附權貴。他對於當時那種假禪讓之名，行篡逆之實的行為非常憤慨，這種今古蒼茫、盛衰興亡的憤慨，真是「憑弔今古」，真是「仁人志士」的發憤。所以，陳沆說：「豈直優生之嗟而已哉。」阮籍的詩哪裡僅僅是像顏延年所說的只是寫人生的憂患艱難而已，而是仁人志士的作品，具有非常深遠的涵義。

此外，清代文學批評家沈德潛在他所著的《說詩晬語》中也曾說：「阮公詠懷反覆零亂，興寄無端。和愉哀怨，俶詭不羈，令讀者莫求歸趣。遭阮公之時，自應有阮公之詩也。」阮籍的詩所表達的情意是反覆零亂的，有時前一首詩說過的而後一首詩又有同樣的、近似的感情；有時在一首詩中前面說的是這樣的感慨，而後面又說的是那樣的感慨；前一首詩與後一首詩之間不見得有什麼必然的條理上的聯繫，真是反覆零亂。他所寫的感興和寄託也是沒有一個頭緒可以尋求的，因為他的感興雖「言在耳目之內」，寄託卻在「八荒之表」。沈德潛的「反覆零亂，興寄無端」這八個字正說明了阮籍詠懷詩的特色，因為阮籍正是用這樣的寫法，寫出了他自己反覆零亂的一份思想感情。沈德潛又說他的詩是「和愉哀怨，俶詭不羈」。阮籍內心雖然「憤懷禪代」，但在詩中卻表現得是這樣的含蓄、這樣的蘊藉、這樣的和柔。他那種倜儻恢詭的變化和寄託是不能用言辭來拘束的，所以，讀詠懷詩的人是找不到他真正的意趣所在的，因為他的觸發是非常深廣的，而讀者的感受也是深廣的，很難用一句話、一件事來說明，讀者從其中得到的真是太多了。沈德潛又說，遭遇到阮籍的那個時代，當然應該有像阮籍那樣的作品。他生在如此危亡的亂世，常恐遭禍，當然寫得就要非常含蓄，蘊藉，迂迴，吞吐。所以說，阮籍的詩，那真是他平生的生命感情在當時時代中的一種真實反映。

三　品讀與賞析

阮嗣宗的詠懷詩真是「反覆零亂，興寄無端」。沈德潛就這樣批評過。他每一首詠懷詩都有每一首詩不同的感懷。

夜中不能寐

夜中不能寐，起坐彈鳴琴。
薄帷鑑明月，清風吹我衿。
孤鴻號外野，朔鳥鳴北林。
徘徊將何見？憂思獨傷心。

現在，我們正式看阮嗣宗的詠懷詩。在具體講解阮嗣宗的每一首詠懷詩之前，我都要先把所要講解的這一首詩讀一遍，然後，再進行具體的解說。

我們先看第一首：《夜中不能寐》。

前面我說了，阮嗣宗的詠懷詩有八十幾首之多。沈德潛批評阮嗣宗的這八十幾首詩是「反覆零亂，興寄無端」。這些詩本來是不可以分層次、分次第排列的。可是，我還是認為，儘管這八十幾首詩沒有一個明白的次序，然而，這第一首詩畢竟是第一首詩。為什麼這樣說呢？我們姑且舉一個例證來看。比如，我們蒸一籠饅頭，那籠中的每一個饅頭都是差不多的，你先吃哪一個後吃哪一個都沒有什麼差別。可是，當你第一次把蒸籠的蓋子打開的時候，那種撲面而來的熱氣蒸騰的感覺是非常重要的。儘管我們說阮嗣宗的這八十幾首詠懷詩，它們之間沒有必然的次序，它們就如同一籠剛剛蒸熟的饅頭，每一個饅頭之間也是沒有什麼必然的次序，可是，當你拿起第一個饅頭，那一份熱氣蒸騰的感覺是與以後其他的饅頭不同的。所以說，阮嗣宗的這第一首詠懷詩也就是他八十幾首詩之中的第一首詩，它在其中所含蓄、所鬱積的那一份情意的深厚、觸發、醞釀、洋溢，是比其他後來的各首詩的感發力量都更強、更深的。

「夜中不能寐，起坐彈鳴琴。」我們從表面上看，這兩句詩字面上的意思是說，他夜半不能成寐，所以，就坐起來而彈琴。阮籍的詩「言在耳目之內，情寄八荒之表」（鍾嶸《詩品》）。這兩句詩實在的意思不僅是寫他半夜不能成寐、坐起來彈琴而已，他有一份更深的感慨和涵義。那麼，這其中的感發和涵義是什麼呢？我們理解這兩句詩要設身處地地為阮嗣宗設想。「夜中不能寐，起坐彈鳴琴」所表現的是作者內心之中的一份憂思煩亂之無法解脫，無從發洩。「夜中」當然是說夜半時分了。如果是在初入夜的時候，即剛剛入夜的時候，人沒有睡著是人之常情，誰能夠一著枕就睡著呢？這裡阮嗣宗寫的不是初入夜，而是到了「夜中」

了，夜是如此之深了，如果不是一個憂思煩亂的人，他為什麼不能成寐呢？所以說「夜中不能寐」，不是不肯去寐，而是不能夠成眠。清朝有一個詩人黃仲則（黃景仁，字漢鏞，一字仲則）曾經寫過兩句詩：「如此星辰非昨夜，為誰風露立中宵？」（《綺懷》）是為誰、為何而不能成眠呢？所以，「夜中不能寐」的「夜中」是寫那深夜漫漫，「不能寐」是寫他不能成寐的那一份憂思煩亂。為什麼說「起坐彈鳴琴」呢？如果說他起來彈琴僅僅是外表意思上的彈琴而已，那就只是「言在耳目之內」了。阮嗣宗所寫的「起坐彈鳴琴」所隱喻的、象徵的是什麼？是他嘗試要對他自己內心憂思煩亂的感情加以整理、加以排解的掙扎和努力：我為什麼不能成眠？我要把我的憂思和煩亂加以整理，加以抒發，寄託在琴聲之中。

阮嗣宗的詩常常在他所寫的表面形式之外，有更深的一份感慨和觸發在其中。就一般的詩人來說，有的詩人寫山就只是山，寫水就只是水，寫花也僅只是花，寫鳥也僅只是鳥。而有一些詩人所寫的山水花鳥，就不再僅是山水花鳥了，而是他面對山水花鳥的一份觸發和感受。我們舉例來看，像謝靈運所寫的山水詩。謝靈運的詩裡邊有一首寫了這樣的兩句：「巖峭嶺稠疊，洲縈渚連綿。」（《過始寧墅》）其中的「巖峭」的「巖」是說山巖，「峭」是說峭拔。他說那個山巖非常峭拔。「嶺稠疊」是說那個山嶺重重疊疊。「洲」是水裡的沙洲。「縈」是縈迴曲折的樣子。「洲縈」是說水中的沙洲是這樣的縈迴曲折。「渚連綿」的「渚」是水中的小沙洲，「連綿」是相連不斷的樣子。所以，謝靈運所寫的「巖峭嶺稠疊，洲縈渚連綿」兩句詩是指那高山的峭拔，山嶺的重疊，水中沙洲迂迴曲折之相連不斷。這裡他寫山只是山，寫水只是水。可是跟大謝（靈運）時代相近的另外一位作者陶淵明有一首很有名的詩，我想大家都知道的，詩中說：

采菊東籬下，悠然見南山。
山氣日夕佳，飛鳥相與還。
此中有真意，欲辯已忘言。
——《飲酒二十首・其五》

陶淵明所寫的那一座南山，只是南山嗎？陶淵明從南山得到了一份真意，這一份真意是超越南山之上的了。他的情意的蓄積非常深厚，他的那一份觸發、感動非常深遠，不僅是表面上所寫的情、事而已。阮嗣宗的詩也是這樣，正如鍾嶸的《詩品》批評他的詩所說的「言在耳目之內，情寄八荒之表」。比如說這第一首詩的前兩句，我們從字面上看，就是夜半不能成眠而起坐彈琴。其實這兩句所包容的他內心的憂思煩亂，他那想要求得抒發，想要求得解脫、寄託的努力和掙扎都表現在其中了。他說當我「夜中不能寐，起坐彈鳴琴」來整理我這一份憂思煩亂的情意而無可奈何的時候，我所看見的是什麼？

「薄帷鑑明月，清風吹我衿。」我所看見的是「薄帷鑑明月」。「帷」是一種帳幔、簾幕。一切帳幔、簾幕都可以叫做「帷」。車旁圍的那個帳幕可以叫做車帷。現在阮嗣宗所說的「帷」，是被明月所照射的帷，當然應該是窗帷、簾帷了。當我「起坐彈鳴琴」的時候，就看見那薄薄的窗帷之上「鑑明月」。「鑑」是照的意思。那薄薄的窗帷被天上那一輪明月的月光照明了，或者說，天上的明月照在這薄薄的窗帷之上。我這樣講也只是字面的解釋。然而，阮嗣宗的詩所寫的僅是明月照在窗帷之上而已嗎？不是的，而是他面對著窗帷之上的明月，此時此刻內心的一份觸發，內心的一份感動、哀傷。那麼，有人也許會問，面對窗帷之上的明月有什麼可感動、哀傷的呢？我們舉幾句古人的詩來做引證、比較。比如李太白的一首詩，他說：

床前明月光，疑是地上霜。
舉頭望明月，低頭思故鄉。

——《靜夜思》

那只是一片月光而已，為什麼李太白望明月的時候會引起思故鄉的感情呢？還比如李太白的另外一首詩是《玉階怨》，他在詩中這樣說：

玉階生白露，夜久侵羅襪。
卻下水精簾，玲瓏望秋月。

——《玉階怨》

他說當深夜的時候，那玉石的台階上面已經鋪滿了濃重的露水，而且露水是這樣的濃，我已在台階上面立了這樣久了，所以，「夜久侵羅襪」。露之濃，夜之深，人之佇立悵惘之久都寫出來了。那麼，在夜如此之深，露如此之冷的時候，一個人為什麼不回房去休息睡眠呢？她不但沒有回去，還「卻下水精簾」，要「玲瓏望秋月」，為什麼呢？為什麼她要掛起水晶簾，望那天上一輪玲瓏皎潔的明月呢？她面對著玲瓏的明月的時候，內心是如何的一種感發呢？這首詩的題目叫《玉階怨》，怨者，是一種哀怨的情意。從這四句詩中找不到一個「怨」字，李太白只是寫望秋月，那麼望秋月與「怨」字何干？所以，李太白以上的兩首詩，為什麼「舉頭望明月」，就「低頭思故鄉」？為什麼當他要寫《玉階怨》，要寫閨中的哀怨的時候，就「玲瓏望秋月」？而「玲瓏望秋月」又有什麼哀怨呢？可見那必然是有緣故的，是那月光給我們的一份感動和哀傷啊！

還有像宋朝詞人歐陽修所寫的兩句詞，他說：「寂寞起來褰繡幌，月明正在梨花上。」（《蝶戀花》）當我深夜寂寞起來的時候，我褰動、拉開繡有花的簾帷（「幌」，窗前的簾帷），看見什麼？我看見一片月光正照在雪白的梨花上面。那一片白色的梨花，那一片白色的月的光影給他的那一份惆悵、哀傷、寂寞是何等的深切。所以，我們就能體會，就能想見，當阮嗣宗看見那「薄帷鑑明月」的時候，他內心之中的一份寂寞、一份感觸、一份哀傷。正像我剛才所引證的詩一樣，都給我們這樣一份感受，當我們面對那月光的時候，那一份寂寞、悵惘、哀傷的觸發油然而生。「清風吹我衿」，這時又有如此淒清、寒冷的夜風直吹到我的衿懷之內。「清」是如此淒清的夜風，吹到哪裡？吹到「我衿」。「衿」就是衣服的前衿。前衿就正當我們的胸懷的所在。「我衿」這兩個字阮嗣宗用得非常深切，風不是與我不相干的，它正吹在我的衿懷之中，它深深地吹透了我的胸懷。那種寒冷，不僅僅是身體所感受到的寒冷而已，而且是我內心之中一份寒冷的感覺。我們也可以舉古人的詩詞當作例證。

五代的時候有一個很有名的詞人馮延巳（字正中），馮正中有兩句小詞：「波搖梅蕊當心白，風入羅衣貼體寒。」（《拋球樂・酒罷歌餘興未闌》）他表面上也是寫眼前的景物。「波搖梅蕊」的「波」是說水波。他說水波光影在那裡動盪。在水波的光影之中有什麼呢？有梅蕊。「梅蕊」是說梅花的花蕊，指梅花。在那動盪的水波之中，有一片梅花的影子。這一片梅花的影子在水中的什麼地方？在「當心」。「當心」是在水的中央的地方。梅花的影子是什麼顏色？影子是一片白顏色。所以，「波搖梅蕊當心白」是說在水波的中心搖動著一片白色的梅花的光影。馮正中所寫的僅僅是這水波之中的情景嗎？不是的。那一片白色的迷濛的動盪不僅是動盪在水的波心，而且是動盪在馮正中內心的悵惘、哀怨之情。所以，馮正中接著說「風入羅衣貼體寒」。有寒冷的風吹進了我單薄的羅衣，吹到我貼體。「貼體」者，是說真是與我身體這樣親近的，這樣貼切的，使我深深地感受到了一份寒冷。這一份寒冷，不是僅從我身邊吹過去而已，也不是只吹動了我的衣服，而是一直吹到了我的身體之上，使我這樣貼切地感受到那一份寒意。因此，阮嗣宗說「清風吹我衿」，那清風吹來，吹透了我的衿懷。阮嗣宗開頭這幾句寫他夜半不能成眠的憂思煩亂，他對自己的感情無法排解、無法寄託。窗前的明月，衿上的清風，那一份寒冷、孤獨、寂寞的感發。除了我所看見的明月、感到的清風，還聽見些什麼？

「孤鴻號外野，朔鳥鳴北林。」我眼前所見的是如此孤寒的月光，我衿懷所感到的是如此淒清的夜風，耳中聽到的是孤鴻的哀叫，是一隻孤獨的鴻鳥。「鴻」是雁中最大的一種。我們常常說鴻雁，牠的翅膀很長，有將近三尺長。牠的頭、頸和身上的背面是暗黃褐色的，翅膀是黑褐色的。這種鳥飛得很高，飛得很遠。鴻雁常常成群結伴地飛翔，或者排成一個「一」字，或者排成一個「人」字。可是，有的時候我們也會看到一隻失群的孤雁，牠孤獨地一個「人」，離開了牠的伴侶，所以是孤鴻。唐人有寫孤雁的詩：

> 幾行歸塞盡，念爾獨何之？
> 暮雨相呼失，寒塘欲下遲。
>
> ——崔塗《孤雁》

崔塗說「幾行歸塞盡」，雁都一行一行的，或「人」字，或「一」字地飛走了。我看到有幾行的歸雁已經從關塞的那邊飛走了，看不見了，只剩下你孤雁一個「人」不在行列之中，不在那伴侶之中。因此，「念爾獨何之？」我就想，你一個「人」要飛到哪裡去？「暮雨相呼失」，在這樣昏沉的薄暮黃昏的雨中，你呼喚同伴，可是，你卻失去了同伴。「寒塘欲下遲」，看到地上有一片寒塘，你敢落下去嗎？你不敢落下，因為只有你一個「人」，你是孤獨的，說不定你會碰到一些射獵的人，就會遭受到殺身之禍的。所以「寒塘欲下」而遲遲地徘徊、猶豫，不敢貿然飛下去。那真是一隻孤雁的悲哀啊！在如此危亡的、衰亂的魏晉之時，阮嗣宗那一份孤獨、寂寞，那一份恐懼、哀傷，就像孤雁一樣。表面上是說他耳朵聽到的孤鴻的號叫，其實是他內心的孤鴻的感覺。他說我聽到那鴻雁在悲鳴、在哀號。在什麼地方哀號？在遼遠的曠野之上。

「朔鳥鳴北林」，「朔」本來是指北方。《古詩十九首》說「胡馬依北風，越鳥巢南枝」（《行行重行行》）。我們常說朔風凜冽，就是北風凜冽。所以，「朔鳥」是指北方的鳥。可是這個「朔」字還有另外的涵義，就是寒冷的意思。因為冬天的北風就是朔風，朔風就是寒風。在這裡，我認為與其把牠講成北方的鳥，不如把牠講作寒鳥，是寫在寒冷的冷風之中的寒鳥在悲鳴，在啼叫。在什麼地方？在北方的樹林之中。北方的樹林是什麼樣的樹林？是寒冷的樹林。所以，《古詩十九首》中說：「胡馬依北風，越鳥巢南枝。」「越」是南方的地方。「越鳥」結巢在南邊的樹枝，因為南枝是溫暖的，北枝是寒冷的。阮嗣宗現在所寫的寒鳥是在北方的枝頭，是在那寒冷的高枝之上，就更加深了那一份寒冷的、沒有隱匿的、暴露在凜冽的寒風之中的那一份感覺。所以，阮嗣宗說，我所聽到的是孤鴻哀號在那曠野之上，是寒鳥哀鳴在那北方的寒冷的林梢之上。

「徘徊將何見？憂思獨傷心。」如此的情景，漫漫的長夜，我無可安排的一份憂思煩亂的感情。窗前的那淒清、寒冷的月色，吹在衣衿上那淒清、寒冷的夜風，耳邊所聽到的寒鳥的哀鳴。這種種景物是我要尋求的嗎？它們能夠給我安慰、快樂嗎？難道我所喜愛、所尋覓的是那明月、清風、孤鴻與朔鳥嗎？不是的。因此，「徘徊將何見」？難道他沒有所見？他當然看見了。那窗前的月光豈不是他所見？他為什麼說我徘徊、我徬徨？我能夠看見些什麼？我將要看見些什麼？我可能看見些什麼？這裡，阮嗣宗是說他什麼也沒有看到。難道明月、清風、孤鴻、朔鳥都被他一筆抹殺了嗎？不是。阮嗣宗所說的不是這些，這些明月、清風、孤鴻、朔鳥所代表的是絕望，是幻滅，是悲哀，是寒冷，是孤獨，我要掙扎著離開它們，然而，除了它們以外，我再也找不到什麼了，沒有一件事物能夠給我帶來溫暖和安慰。所以，我在徘徊與徬徨之中再也尋覓不到任何一件事物了。

在魏晉如此危亡、衰亂之世，我能夠希求、盼望些什麼呢？所以「憂思獨傷心」。我只有滿懷憂愁、煩亂的一份情思，自己單獨地傷心。而且，這一份傷心是無可告喻的。有誰能夠知道我的傷心，向誰傾訴我的傷心？所以，阮嗣宗「身仕亂朝，常恐遭禍」。他能夠把他對時代的那一種黑暗的、危亡的「憤懷禪代」的感覺向人訴說嗎？不能的。他只有「徘徊將何見？憂思獨傷心」。

二妃遊江濱

二妃遊江濱，逍遙順風翔。
交甫懷環佩，婉孌有芬芳。
猗靡情歡愛，千載不相忘。
傾城迷下蔡，容好結中腸。
感激生憂思，諼草樹蘭房。
膏沐為誰施，其雨怨朝陽。
如何金石交，一旦更離傷。

阮嗣宗的詠懷詩真是「反覆零亂，興寄無端」。沈德潛就這樣批評過。他每一首詠懷詩都有每一首詩不同的感懷。第一首詠懷詩是總起，寫他對時代危亡、衰亂的一份憂思煩亂之情。那麼，這第二首詩說的是什麼呢？

這首詩寫的是人生之中本來應該有一些美好的、可以信賴的東西。人生豈不是應該可以找到一些美好的、可以信賴的、可以掌握的東西嗎？然而，在現實生活中，有一天你會忽然間的覺悟而失望，你會感覺到在這個世界之中，所有那些你曾經認為是美好的，你曾經以為可以信賴的東西都幻滅了。它們並不像你所想像的那樣美好，也不像你想像的那樣可以信賴，那美好和信賴完全幻滅了，完全喪失了。這第二首詠懷詩就是寫對於那美好的、可以信賴的事物失去信心後幻滅的悲哀。

那麼，他說的美好的事物是什麼呢？他用兩個美麗的女孩子作比喻：「二妃遊江濱，逍遙順風翔。」有兩個美麗的女孩子「二妃」，她們遨遊在江水的水邊上。這「二妃」應該是誰呢？根據劉向《列仙傳》的記載：

江妃二女出遊於江漢之湄，逢鄭交甫，見而悅之，不知其神人也。交甫下請其佩，遂手解佩與交甫。交甫悅，受而懷之，去數十步視佩，空懷無佩，顧二女忽然不見。

有兩個女神仙出遊在江水的水邊上，她們碰到了一個年輕人，這個年輕人叫鄭交甫。於是，這兩個仙女就對鄭交甫產生了一種傾心、愛悅的感情，便把她們身上佩戴的玉佩裝飾解下來，送給鄭交甫了。鄭交甫接受了她們所贈的佩飾物後就離開了。當他走了幾十步遠的時候，忽然間發現佩不見了、消失了，不但是佩不見了，那兩個女孩子也不見了。這個故事當然是神仙的傳說了。阮嗣宗並不是迷信於這個神仙的傳說，只是把它引用，當成一個比喻，比喻天下一切美好的事物。「逍遙順風翔」，這兩個美麗的女孩子，她們嬉遊在江水的水邊上，真是如此地逍遙自在，翩翩高舉，順風飛翔，一副仙子飄渺的樣子。這段故事不僅見於《列仙傳》，還見於《韓詩外傳》：「鄭交甫將南適楚，遵彼漢皋台下，乃遇二女，佩兩珠，大如荊雞之卵。」鄭交甫這個年輕人將要向南方往楚國的地方去，他就沿著漢皋台的台下在那裡經過，碰到了兩個女孩子，她們佩戴的兩顆明珠像雞卵一樣大。《列仙傳》中說這兩個女孩子所佩戴的是玉佩，《韓詩外傳》中則說她們佩戴的是明珠。總而言之，無論是玉佩，還是明珠，都是指衣服上的飾物。我們不必一定說它是玉，也不必一定說它是珠，都是她們把身上的飾物投贈給了鄭交甫。

「交甫懷環佩，婉孌有芬芳。」於是，鄭交甫就在懷中保存著女孩子所投贈的環佩，真是「婉孌有芬芳」，如此之美好。「婉孌」是少好之貌，又有親愛之意。表現纏綿的感情或者很美好的樣子都可以說「婉孌」。現在，這兩個美麗的女孩子和鄭交甫在相逢之間，有如此美好的投贈，他們之間是有一份歡喜、愛悅的感情。所以，鄭交甫懷持著環佩，覺得是這樣的美好，「有芬芳」，好像是有一股芬芳的香氣。

「猗靡情歡愛，千載不相忘。」像這樣一種美好的感情，能夠在相見的時候就把最珍貴的東西相互投贈，可見這一份相互知愛、相互交付的深切的情意。因此「猗靡情歡愛」，「猗靡」是相隨的樣子。既然他們一見就傾心，就相知，就付託，那麼這種感情就應該互相追隨在一起，永遠保持這種感情上的歡心、愛悅，「千載不相忘」。從此以後，無論是千年萬世，海枯石爛，感情永不改變，永不忘記。

「傾城迷下蔡，容好結中腸。」這個女子容貌之美，美到何種程度呢？可以「傾城」，可以「迷下蔡」。「傾城」兩個字的典故，見於《漢書》中李延年的一首佳人歌，歌詞是如此的：

北方有佳人，絕世而獨立。

一顧傾人城，再顧傾人國。

寧不知傾城與傾國？佳人難再得！

——李延年《北方有佳人》

李延年說，北方有一個非常美麗的佳人。這個佳人真是超塵絕世，她一人獨處，遠離世俗，她非常珍愛自己的一份貞操。她的姿色極為出眾，如果她能夠回眸一顧的話，可以傾倒一城的人；如果她能夠回眸再一顧的話，就可以使一國的人都為之而傾倒。因此說她的容貌可以傾城、傾國。「寧不知傾城與傾國？」難道我們不知道這個女子的美貌可以迷惑人，使人為她傾城、傾國地傾覆、敗亡嗎？我們不是不知道，然而，我們依然喜愛她。為什麼緣故？因為「佳人難再得」！如此美麗的女子真是難以得到的。所以，我們寧願傾城、傾國。現在，我們稱讚一個女子的美麗，也常常用「傾城傾國」。「迷下蔡」三個字見於宋玉的《登徒子好色賦》。《登徒子好色賦》裡邊這樣說：

天下之佳人莫若楚國，楚國之麗者莫若臣里，臣里之美者莫若臣東家之子。東家之子……嫣然一笑，惑陽城，迷下蔡。

宋玉說，天下美麗的女子沒有比我所居住的里巷的女子更美的了，而在我們里巷居住的美女之中，沒有比我們東家那個女子更美的了。那麼東家的女子如何美呢？「嫣然一笑，惑陽城，迷下蔡」。當這個女子嫣然一微笑的時候，整個陽城的人都為之而迷惑了，整個下蔡的人也都為之而迷惑了。「陽城」和「下蔡」都是地名。陽城在現在的河南省登封縣的東邊，下蔡在今安徽省壽縣的北邊。那麼，阮嗣宗說「傾城迷下蔡」，意思是說這個女子貌美傾人之城，可以迷惑下蔡的城邑，極言這個女子之美。

在這一首詩開頭的一句本來說的是「二妃遊江濱」，是兩個女子，而我在解說的時候常常說「這個女子」，這是為什麼呢？因為詩本來常常是用典的，只是用一種比喻就是了，並不是很切實的切指。這首詩開頭用「二妃遊江濱」，因為那是在《列仙傳》和《韓詩外傳》都記載著說鄭交甫遇到了兩個仙女，所以說是用的「二妃」的典故。在這首詩中，我們實在不要管它是兩個女子還是一個女子，總而言之是遇到了一個極美麗的對象而傾心相愛了。所以「容好結中腸」。「容好」是說她容貌的美好。「結中腸」，是說從內心之中有一種感情聯繫的繫結，永遠也不改變。在《漢書・外戚傳》中記載著漢武帝李夫人的故事。李夫人曾經說過這樣的話：「我以容貌之好，得從微賤愛幸於上。」我就是因為容貌之美好，才能夠從很微賤的地位而得到皇上如此之寵愛的。所以，「容好結中腸」，就是說，他們因為容顏如此之美好，而情結於內心的深心之中。

「感激生憂思，諼草樹蘭房。」像鄭交甫與這兩個仙女的遇合，他們能夠長久嗎？他們能夠同生共死永遠在一起嗎？當然不能的。轉瞬之間她們就失去了。當他們慶幸愛悅的時候，雖然是「猗靡情歡愛」，認為可以「千載不相忘」，因為她是如此的「傾城迷下蔡」，所以就「容好結中腸」。可是，他們終於離別了，「感激生憂思，諼草樹蘭房」。「感激」，就是說感情因感動、感發而有一種激動，並不一定是感謝，是有所感觸、有所感激的意思。趙岐的《孟子章指》上說：「千載聞之猶有感激。」意思是說千載之後，我們聽說這樣的事蹟，內心之中仍然有一種感動、激發的情緒。所以，這裡的「感激」是說當他們相遇、相見的時候，有一份互相愛悅的感動激發。「生憂思」，為什麼感激而生憂思了呢？因為他們並沒有長久地在一起，很快就彼此相失地離別了，所以，產生了多少憂愁，多少思念，就「諼草樹蘭房」。《詩經・衛風》的《伯兮》一篇中有這樣兩句詩：「焉得諼草？言樹之背。」「諼草」同「萱草」，俗名叫「金針菜」。它的莖大概有二尺多高的樣子，夏天開花，呈紅黃色，其花和嫩蕊可供食用。舊日相傳說諼草這種植物可以讓人忘記憂傷。那麼，「焉得諼草」？如何才能夠尋找到這種使人忘記憂傷的諼草呢？「言樹之背」。「樹」就是種植的意思。「背」就是房後，也有人說是北堂。因為諼草可以使人忘憂，所以，阮嗣宗「感激生憂思」，於是就「諼草樹蘭房」。因為當時一份感情上的感動，而引起了我今日離別的憂愁、思念、哀傷。因此，我願意在蘭房的這個地方種植上諼草。為什麼在蘭房不種蘭花而種諼草呢？只因為我滿懷相思懷念的憂傷，種上諼草，為了使我忘記這一份憂傷。

「膏沐為誰施，其雨怨朝陽。」在《詩經・衛風》的《伯兮》這一篇中是寫離別的感慨，寫男女離別的一份相思懷念的感情。《伯兮》中有這樣的詩句：

自伯之東，首如飛蓬。
豈無膏沐，誰適為容？

有一個女子，她的丈夫的名字叫做「伯」，所以這首詩的題目叫《伯兮》。自從伯從軍到東方去了以後，我的頭髮就沒有再修飾、整理，就像蓬草一樣地零亂。難道是我沒有塗髮的膏油嗎？難道是我沒有洗頭髮的瀋沐嗎？這裡的「膏」是頭油，塗在頭髮上可以使頭髮保持光澤。「沐」，就是《左傳》中所說的瀋沐，瀋沐就是米湯、米汁。據傳說淘米的米汁是可以洗頭髮的，可以把頭髮洗得很乾淨，而且不傷毀頭髮。「誰適為容」的「適」字，讀「ㄉㄧˋ」的音，意思是標的、目的的意思。「誰適」是說我以誰為目的呢，哪一個人是我所為的對象呢？「容」者，就是給容貌化妝。我為誰而美容、化妝呢？古人曾經這樣說過：「士為知己者死，女為悅己者容。」意思是說，士人可以為知己者效死，女子為愛她的人而美容。既然愛她的人不在，那為誰而美容呢？所以說「豈無膏沐，誰適為容」？阮嗣宗這首詩意思是說鄭交甫與二妃離別之後，這兩個女子仍懷念鄭交甫，於是就「諼草樹蘭房」，為的是忘卻憂思。「膏沐為誰施」，我雖然是有膏、有沐，我也不再整理我的容貌，我為誰施用膏沐呢？

「其雨怨朝陽」，這句詩的典故也是出於《詩經》的《伯兮》篇。《伯兮》中說：「其雨其雨，杲杲出日。」「其雨」的「其」字是一個語助詞，表示一種可能的口吻，說那是要下雨吧，要下雨吧。結果沒有下雨，而是杲杲的出日。「杲杲」是太陽升上來後高高的樣子，很明媚的樣子。這兩句詩是什麼意思呢？是《詩經》的比興，意思是說我本來希望下雨，結果出了太陽。那是什麼？那是失望。本來我所盼望的、我所懷念的良人可以回來，然而他畢竟沒有回來，如同我盼望下雨，卻出了太陽一樣。這不是我所希望的，而是我所失望的。下面，《詩經》的《伯兮》篇中還有兩句詩：「願言思伯，甘心首疾！」我越懷念伯，就越甘心這樣的愁苦，甘心有種種的疾病和哀傷的痛苦。阮嗣宗用這個典故，「膏沐為誰施，其雨怨朝陽」，意思是說自從離別之後，我是這樣地懷念你，我再也不願意裝飾我的容貌，都是因為你不在我身邊的緣故。我多麼盼望你能回來啊，但你終究沒有回來。這就如同我盼望「其雨其雨」，恐怕要下雨了吧，結果呢？朝陽——早晨的太陽出來了。「其雨怨朝陽」，我盼望的是雨，出來的卻是太陽，當然，我就「怨」了。我盼望的是你能回來，然而，你沒有回來，我當然就「怨」了，所以說「怨朝陽」。

「如何金石交，一旦更離傷。」當時，那一見傾心的感情為什麼今日會落到這樣離別哀傷的下場呢？既然有當年那一見「千載不相忘」的傾心、歡愛的美好感情，為什麼會有今天「其雨怨朝陽」的離別怨恨、哀傷呢？所以，阮嗣宗說「如何金石交，一旦更離傷」。當時像金石一樣堅固的交情，而一旦就更離傷。忽然一日之間，居然變得這樣的離別哀傷。「金石交」出自《漢書・韓彭英盧吳傳》，其中《韓信傳》中這樣說：

項王恐，使盱台武涉說韓信曰：「……今足下雖自以為與漢王為金石交，然終為漢王所擒矣。」

「項王」就是西楚霸王項羽。當楚漢相爭的時候，劉邦手下的大將韓信，曾登台拜將替劉邦帶兵，平定了燕國、趙國、齊國，大大增強了劉邦的勢力。那麼，在當時對楚國來說，如果能夠把韓信爭取過來而投奔到項羽的部下，劉邦就注定要失敗了。於是，項羽為了得到韓信，就派一個叫武涉的人去遊說韓信。武涉就對韓信說：「今足下雖自以為與漢王為金石交，然終為漢王所擒矣。」「足下」是對對方的尊稱，這裡就是武涉稱韓信。意思是說，現在你雖然自以為與漢王劉邦是金石一樣堅固、密切的交誼，可是，我看你最後一定被漢王所擒捉、背棄、傷害。歷史上記載著說韓信後來果然被斬首了。「金石交」是說交誼的堅固，如同金石一樣的堅固。「如何金石交」，為什麼像金石一樣堅固的交情，「千載不相忘」的交情，「猗靡情歡愛」的愛情，而「一旦更離傷」？在一日之內居然就這樣離別，落到這樣哀傷的下場呢？

那麼，我們從表面上看，這首詩是說一種美好的事物終於消失了，終於改變了。那麼，天下有什麼感情是可以掌握，可以不變的呢？如果像這樣金石之交的感情都會改變的話，那我們還能夠掌握些什麼呢？這一份悲哀真是千古以來很多人的悲哀！所以，陶淵明在他的一首《擬古》詩中這樣寫道：

榮榮窗下蘭，密密堂前柳。

初與君別時，不謂行當久。

陶淵明的詩意是說，我們之間的感情像如此茂盛的窗下的蘭花，像如此繁密的堂前的柳條。我們的感情如此之好，榮榮密密。可是，當我剛與你離別的時候，我沒有想到你居然會一去不復返，竟然會這樣的長久。然而，陶淵明在這首詩裡又說什麼？

蘭枯柳亦衰，遂令此言負。

可是，後來窗下的蘭花枯萎了，堂前的柳樹也衰落了，而你與我當年的那一份美好的約言也就被辜負了。

像陶淵明所說的這一份感情，像阮嗣宗所說的這一份感情，究竟指的是什麼樣的事物呢？我以為阮嗣宗這首詩是寫一份感情的轉移，當年認為是美好的，可以信賴的，而居然就失去了。在古人的詩中也有很多寫這種感情的。有些人寫這種感情，只是一種普遍的感傷而已，因為世界上本來有許多美好的事物都是不能長久地保存的。古人有這樣的詩句：「世間好物不堅牢，彩雲易散琉璃脆。」世界上所有美好的事物都是不堅牢的、不牢固的，像什麼？像「彩雲易散琉璃脆」。像天上的彩雲何嘗不美呢？然而，彩雲也最容易消失。像琉璃這種器物何嘗不是晶瑩光彩的？但它很脆弱，一不小心很容易就摔碎了。「二妃遊江濱」的故事，古人也常常引用，他們引用這個故事也只是比喻一段感情的相愛、美好而轉眼之間又失去了，表現一份歡愛、美好的感情不能夠長久。北宋初年有一個詞人叫晏殊，晏同叔，文壇稱他為「大晏」。在大晏的詞裡邊有這樣一首：

燕鴻過後鶯歸去，細算浮生千萬緒。長於春夢幾多時？散似秋雲無覓處。
聞琴解佩神仙侶，挽斷羅衣留不住。勸君莫作獨醒人，爛醉花間應有數。

——《木蘭花》

晏殊這首詞寫的是什麼？他是說人世間那一份難以掌握的歡樂和美好。「燕鴻過後鶯歸去」，隨著春秋時季節氣的變化，不少鴻雁飛去了，不少黃鶯消失了。「細算浮生千萬緒」，細算一下，我們這些浮生的生命，有多少感情，有多少思緒，真是千頭萬緒，無法述說。那麼，有多少感情多少哀傷，把它們大約總結起來說，「長於春夢幾多時？散似秋雲無覓處」。我們的浮生，像春夢一樣美好的感情，也像春夢一樣的短暫，似秋雲就如此地消散了、失散了，就像那秋天天上的淡淡薄薄的雲彩隨風消散了，再也無法尋覓了，再也無法把它尋回了。「聞琴解佩神仙侶，挽斷羅衣留不住。」這裡用了兩個仙女的典故。意思是說你即使碰到了一個相親相愛的伴侶，什麼樣的伴侶？是神仙的伴侶，是這樣美好的伴侶。什麼樣的感情？是「聞琴解佩」的感情。什麼叫「聞琴解佩」的感情？「解佩」就是阮嗣宗所用的典故，即鄭交甫經過漢皋台下看到的江邊上的兩個女子，這兩個女子就解下她們身上所佩的明珠給了鄭交甫。這樣一見傾心的投贈，就是「解佩」。那麼什麼是「聞琴」？我想大家都知道這個故事。《漢書》跟《史記》上都記載著司馬相如的「傳」。說司馬相如當時遇見卓文君的時候，就因為他彈奏了一首琴曲，曲目是《鳳求凰》。當時，卓文君聽到這支琴曲，於是，就往奔、歸向司馬相如了。像

「聞琴解佩」這樣傾心地相愛、相知的一份交託與信賴的感情應該是多麼可以寶愛、珍重的，可是，大晏的詞說了「聞琴解佩神仙侶，挽斷羅衣留不住」。我真是想把這樣一個傾心相愛的伴侶留住，可是我挽斷了他的羅衣。「挽」是用手牽。我拉住他衣衿，想把他留住，然而，我把他的羅衣挽斷了，也沒有留住他。所以，「勸君莫作獨醒人，爛醉花間應有數」。說人間的美好與歡樂既然如此地難以保全，你又何必做一個獨醒的人呢？不如沉醉在花間的好。可見，古人也往往用鄭交甫這個典故，寫感情失去得很快之不可挽留。所以，一般的詩人、詞人用這個典故往往只是一種浮泛地指這一份感情的失落而已。

這裡，對於阮嗣宗所寫的這首詠懷詩，以往很多批評的人認為他所說的感情，不只是說男女之間相愛的一份感情之不持久，或者是比喻、象徵人世間美好的事物之很容易消失，不是這樣浮泛的，而是有他另外的意思之所指的。我前面也曾經講到陶淵明的《擬古》詩的其中一首，「榮榮窗下蘭」的這首詩，也是寫和阮嗣宗這首詠懷詩非常相近的感情。陶淵明的詩是不是和大晏的詞一樣，寫一些美好的感情之容易消失，這樣的浮泛的意思而已呢？歷來評詩的人都認為陶淵明的《擬古》詩與阮嗣宗的這首《二妃遊江濱》的詠懷詩，它們不僅是像後來的詩人、詞人寫一份美好的感情之容易消失而已，他們都有一份更深切的涵義。那麼，他們的更深切的涵義是什麼？

陶淵明是生在晉宋易代的時候，是從東晉到劉宋的時代，是劉裕篡晉更換朝代的時候。而阮嗣宗是生在魏晉之交，正是司馬氏醞釀篡魏的時候。所以，很多評詩的人都認為，他們所寫的有一份易代的悲哀，是說在時代的轉移之間，有多少人的品節、情操不能夠持守得住，他們在品節上都蒙受了汙點而改變了、移易了。陶淵明的那首《擬古》詩也許還不過是說當時的一些人，他們改變了自己的節操而事奉了異代而已。可是，阮嗣宗的這首詩，歷來解說的人就認為，他所指的就更明切了，他指的是誰？就是司馬氏。

我在前面曾經講到，清朝陳沆所寫的《詩比興箋》把阮嗣宗的詠懷詩的意思都作了解釋，把詩裡邊說的是哪個人或哪件事都指了出來。我們讀阮嗣宗詠懷詩的時候，本來也並不一定要這樣拘狹地、這樣穿鑿地去探求，只要是感受到那一份我們認為美好的、可信賴的事物的轉變、消逝的慨歎、哀傷就是了。可是，前人既然是有這樣的說法，我們也不能不知道，而且在魏晉之交的時候，果然有這樣的人和事。那麼，阮嗣宗的這首詠懷詩也可能是為這人、這事而發的。

陳沆的《詩比興箋》認為，阮嗣宗這首詩指的是司馬懿和司馬師父子兩個人。這父子兩個人真是「陰詭險詐，奸而不雄」。他們做事情真是這樣的隱秘，這樣的詭詐，這樣的奸險，而沒有一種英雄豪傑的氣魄。所以「詠懷多妾婦之況」。在阮嗣宗的詠懷詩裡邊常常寫到一些婦人、女子，指的都是司馬氏父子。詩中說到這種感情的轉變，就是指司馬氏父子兩個人篡逆的心意。

那麼，司馬懿和司馬師父子有過什麼樣的事情呢？歷史上曾記載：「魏明帝篤信司馬懿，曾經忍死相待，託以幼子。此慨歎司馬氏之背德廢齊王。」當年魏明帝篤信司馬懿，曾經忍死相待，把他的幼子託付給司馬懿。關於這件事，《三國志》中有記載：

三年春正月丁亥，太尉宣王還至河內，帝驛馬召到，引入臥內，執其手謂曰：「吾疾甚，以後事屬君，君其與爽輔少子。吾得見君，無所恨！」宣王頓首流涕。即日，帝崩於嘉福殿，時年三十六。

——《三國志・魏書三・明帝紀》

在魏明帝景初三年的時候，魏明帝病了，而且病得很重。在正月丁亥的那一日，當時任職太尉的宣王司馬懿帶兵出去作戰，剛剛回到河內，魏明帝就派人騎快馬把司馬懿召至宮中，帶司馬懿來到魏明帝的臥室之內。魏明帝握住司馬懿的手，對他說：「我的病很重了，我把我身後的事都囑託、交給你了。你和曹爽要好好輔佐我的小兒子（齊王芳），我現在能夠在臨死前見到你，親口對你這樣地囑託，我死了也沒有遺憾了。」宣王司馬懿聽後叩頭流出眼淚。當天，魏明帝就死於嘉福殿。

對於《三國志》中的這段記載，裴松之在《三國志》的「注解」中引用了很豐富的材料。裴松之的「注解」引《魏略》中的話說：

帝……乃召齊、秦二王以示宣王，別指齊王謂宣王曰：「此是也，君諦視之，勿誤也。」又教齊王令前抱宣王頸。

當司馬懿回來的時候，魏明帝就叫他的兩個兒子，一個是齊王芳，一個是秦王順（魏明帝自己沒有親兒子，齊王芳和秦王順實際是其兩個養子），在司馬懿面前作介紹。魏明帝指著他的小兒子齊王芳對司馬懿說：「你要仔細地看清楚，這個人是我要囑託給你的我的少子，你不要弄錯了。我要把他託付給你，立他做以後繼位的國君。」而且，當時，魏明帝又叫他的小兒子齊王芳走向前來抱住司馬懿的脖子。從裴松之所引的這段注解中，我們可以看到當時魏明帝這一份託孤的深心，這一份感情之深切了。

裴松之的《三國志》「注解」又引《魏氏春秋》說：

時太子芳年八歲，秦王九歲，在於御側。帝執宣王手，目太子曰：「死乃復可忍，朕忍死待君，君其與爽輔此。」

當時的齊王芳只有八歲，另外一個秦王順九歲，他們二人都在魏明帝的身邊。魏明帝拉著司馬懿的手，看著太子齊王芳對他這樣囑託說：「死亡這件事誰能夠拖延呢，誰能夠忍耐而把它拉長呢，死生這件事沒有一個人可以自己作主張的，當死亡來臨的時候誰也無法抵抗它。然而，我卻居然能夠忍住，為的就是等待你回來，見你一面，把我的兒子託付給你，你要好好與曹爽共同輔佐太子齊王芳。」

我們從《三國志》與《三國志》裴松之的「注解」種種記載來看，魏明帝在臨死之前真是忍死託孤於司馬懿，是多麼一份深厚的感情。可是，後來的齊王芳落到什麼樣的下場呢？後來的齊王芳被廢了，是被司馬懿的兒子司馬師所廢棄的。可見，魏明帝雖然對司馬氏父子有多麼深厚的一份感情，有一份交託、信賴之情，居然落到如此背恩負義的下場，而且，後來司馬炎（司馬昭之子）篡魏，哪裡還想到魏明帝忍死相託付的事情呢？國家就敗亡在司馬氏這些人的手中了。我們從當時的時代所發生的種種歷史情形，就可以想見到阮嗣宗這首詠懷詩也許未免有這樣一種對當時的慨歎。

總而言之，在魏晉之交的那一個時候，什麼叫信義，什麼叫人與人之間的正義，在當時，這種信念是完全喪失了。那麼，當時士大夫之流，外表上都是講一些信義、禮法，而實在是惟利是圖，而在當時朝代更迭之間，他們都是假禪讓之名而行篡逆之實的。哪一種感情是可以信賴的？哪一個人物是可以交託的？所以，無怪乎阮嗣宗在當時的時代之下，寫下了「二妃遊江濱」，「猗靡情歡愛，千載不相忘」的感情，落到「如何金石交，一旦更離傷」的慨歎了。因此說，阮嗣宗的這首詠懷詩是應該有其深意的。

嘉樹下成蹊

嘉樹下成蹊，東園桃與李。
秋風吹飛藿，零落從此始。
繁華有憔悴，堂上生荊杞。
驅馬舍之去，去上西山趾。
一身不自保，何況戀妻子！
凝霜被野草，歲暮亦云已。

阮嗣宗的這首詠懷詩，陳沆在《詩比興箋》中也有解說。我們現在姑且不講陳沆的解說。我們每講一首詩，都是先從字義上就詩論詩，從我們自己直覺的感受，體會詩中的那一份情意，然後，再說前人對這首詩的解說。

我們從字義上看，這第三首詩，開頭寫「嘉樹下成蹊，東園桃與李」，接下來兩句說「秋風吹飛藿，零落從此始」。前面兩句跟後面的兩句形成了鮮明的對比。意思是說有美好的時代，也有凋零的時代，那麼，什麼樣的美好時代呢？是「嘉樹下成蹊」。「嘉樹」是美好的樹，凡是一切美好的樹，都可以稱它是嘉樹。「下成蹊」的「蹊」是指小路，人來往走過的小道。「下成蹊」是說它下面就會走出一條小路來。只要是美好的樹，在樹的下面就自然會被人走出一條小路來。為什麼呢？在《史記・李將軍列傳》中有這樣兩句：「諺曰：『桃李不言，下自成蹊。』」這裡的「諺」是說俗諺、俗話。意思是俗話有這樣一句成語，桃樹和李樹不會講話，它們從來沒有宣揚過自己，表揚過自己是多麼的美好，也從來沒有招搖過：你們應該到我這裡來。可是，在桃樹和李樹的下面「自成蹊」，就自然會走成一條小路，因為桃樹和李樹的花是這樣的美麗，果實是這樣的鮮甜，所以「嘉樹下成蹊，東園桃與李」。阮嗣宗的意思是說有一些美好的樹，樹的下面就自然會走出路來的，這些樹就是東園的桃樹和李樹。春天有這樣美好的時代。

可是，當秋天來臨的時候，「秋風吹飛藿」，就「零落從此始」了。等到秋風一吹起的時候，秋風吹在飛藿之上，我們就感到萬物零落從此就開始了。「飛藿」是什麼呢？「藿」是豆葉，即豆類的植物。我們看到一些植物，即使是木本的植物，在秋天、冬天，葉子也一樣會凋零飄落，可是，它的根株依然尚在，到明年春天也依然有新的枝條萌發，有新的花葉生長出來。但像豆類這些植物就不然了。豆類的植物是人在每年春天的時候把它種起來的，需要搭成一個瓜棚豆架，把它支撐起來。那麼，當秋天到來的時候，豆子、豆莢被人摘走了，豆葉零落了，豆棚也被人拆毀了，剩下些什麼？一無所有了。明年春天再來的時候，如果不是有人特意地栽種的話，在原來長這棵豆子的地方還會長出另一棵豆子來嗎？不會的。所以說，豆類的飄零真是這樣一去不回的零落，它給我們的那一份飄零的感覺是比其他植物更深切的，因此，古代的詩人、詞人常常寫到秋天草木的零落都用「飛藿」來做這樣的代表。阮嗣宗說等到秋風吹起，豆的枝葉零落了，隨風飄散紛飛了。「藿落從此始」，我們就知道秋天萬物的零落就從現在開始了。沈約解釋這兩句詩說：「風吹飛藿之時，蓋桃李零落之日：華實既盡，柯葉又凋，無復一毫可悅。」（《文選》李善注引）當秋風吹飛藿的時候，就是一切草木植物零落的開始，那麼，桃李當年雖然是「下成蹊」，有美好的花，有美好的果實，可是，今天的桃李已「華實既盡」，它的花和果實已經都零落殆盡了，它的枝柯、葉子也凋零了，再也沒有一點可以令人喜愛的地方了。

阮嗣宗的這兩句詩，我們上面所講的只是字面上的意思。陳沆的《詩比興箋》認為這兩句詩是有一種比興寓托託的深意，陳沆說那是「司馬懿盡錄魏王公置於鄴。嘉樹零落，繁華憔悴，皆宗枝翦除之喻也」，意思是說這兩句詩比喻曹魏的宗室之被司馬氏所翦除。

我們在開始講阮嗣宗的詠懷詩的時候，就曾經提到，歷來解釋、批評詩的人都認為，阮嗣宗的這八十幾首詠懷詩其中比興、寄託的涵義是很深的。因為阮嗣宗身在魏晉之交的衰亂之時，他內心之中有很多悲哀，有很多憤慨，都在這些詩歌之中，從他耳目所聞、所見的一些景物之中，一些聯想、一些比喻、一些寄託之中，隱約、含蓄地透露出來了。正因如此，有些人就認為阮嗣宗的詠懷詩真是很難加以解釋，古人認為是「百世之下，難以情測」。因此，有一些人就想嘗試，試驗給這些詠懷詩加以解釋，說明它到底說的是什麼意思，而進行一種探尋、一種研究。我們講阮嗣宗的這些詠懷詩，我認為先單純地看這一首詩，我們直接從字面上欣賞，感受，能夠體會些什麼；然後，我們再按照前人的比興、寄託的意思去探求，可以聯想到一些什麼。阮嗣宗的這首詠懷詩：「嘉樹下成蹊，東園桃與李。秋風吹飛藿，零落從此始。」從字面上看，可以明顯地看到是一個非常鮮明的對比：從春日滿園桃李的繁華、興盛，轉到秋風零落、凋謝。那麼，這樣鮮明的對比說的是一些什麼事情呢？

當然，從這一首詩看，他說的「凝霜被野草，歲暮亦云已」，應該是慨歎一個時代的衰亂危亡。表面上是慨歎一年的時節的推移代序，而實際是慨歎時代的衰亂、危亡。如果是慨歎時代的話，「嘉樹下成蹊，東園桃與李」該是什麼時代呢？「秋風吹飛藿，零落從此始」又該是什麼時代呢？我們如果從「從此始」來看，那麼，這個「此」指的應是當時魏晉之交的這個正始時代。我認為，「嘉樹下成蹊，東園桃與李」這兩句是說詩人有這樣的一個感慨、一種嚮往，「東園桃與李」，並不是確指的是曹魏什麼樣的人物、什麼樣的時候，只是一個詩人心目中的理想的所懷思的一種美好的時代、一種美好的境界。這首詩後面說到：「驅馬舍知去，去上西山趾。」「西山」是伯夷、叔齊當年隱居的地方。在《史記・伯夷列傳》裡記載著伯夷、叔齊的事蹟。《伯夷列傳》中說伯夷、叔齊臨死之前作了一首歌：

> 其辭曰：「登彼西山兮，采其薇矣。以暴易暴兮，不知其非矣。神農、虞、夏忽焉沒兮，我安適歸矣？吁嗟徂兮，命之衰矣！」

阮嗣宗在這裡用了伯夷、叔齊的典故。我們從伯夷、叔齊作的這首歌中可以看到，伯夷、叔齊在臨死的時候就慨然地想到，「神農、虞、夏忽焉沒兮」，歷史上難道未曾有過真正幸福、美好的時代嗎？在儒家的歷史記載上是有的。從前在歷史時代，有虞舜的時代，有夏禹的時代。那三皇五帝之世，在我們中國儒家的理想之中，是一些太平、安樂、幸福、美好的時代。然而，伯夷、叔齊生在神農、虞、夏的時代嗎？沒有，伯夷、叔齊是生於商紂的滅亡、武王伐紂的時候，所以，阮嗣宗開頭就說「嘉樹下成蹊，東園桃與李」。人世之間豈不是應該有一種美好的境界嗎？豈不是應該有像神農、虞、夏這樣聖賢的君王嗎？如果有的話，天下歸心，四海一同，河清海晏，那該是如何幸福、美好的時候！我認為，「嘉樹下成蹊，東園桃與李」就是詩人對如此幸福、美好的時代的一份追懷、嚮往了。可是，阮嗣宗所生活的時代是「秋風吹飛藿，零落從此始」的時代，是魏晉之交的危亡、篡亂的時代，所以，阮嗣宗發出了那種對生命滅亡之感，那種飄零的情志，給人的感慨就更深切了。

「繁華有憔悴，堂上生荊杞。」阮嗣宗說，人世之間本來就是如此，一些盛衰興亡的轉變都是如此：一切繁華的事物都會有一個憔悴的結果和下場。因為人一生下來的時候就注定了要有死的下場；人在聚會的時候就注定了要有分別離散的下場。有生必有死，有聚必有散，這是注定的結果。「繁華有憔悴」，「繁華」是說顏色美麗。班固答賓戲：「朝為榮華，夕為憔悴」，意思是說世上之事無常。一切繁華都是要有憔悴的，這一方面是命定的哀傷，一方面我們也可以說它是一種悲慨。為什麼如此之繁華，而居然會有零落呢？當我們看到繁華的時候，怎麼居然會相信會有零落呢？所以，「繁華有憔悴」這非常簡單的五個字，包含了多少悲哀、多少感慨，寫盡了古今盛衰興亡的一切悲慨。「堂上生荊杞」，有一天，那廳堂之上就會長滿了荊杞。「荊」是一種落葉的灌木，它的莖是叢生的，大概有四、五尺高，枝幹很堅勁，古人常有人以荊木做手杖用。「杞」是枸杞，枸杞是藥用植物的名字。也有人把「杞」解釋為「棘」，「棘」也是一種植物，它是酸棗一類的植物，屬落葉喬木。它的枝子上有很多針刺，可以掛住人的衣服。那麼，「荊杞」這類植物都是生在荒蕪的野外的，怎麼會生在廳堂之中了呢？「堂」是一所房屋之中居最中央的、最美好的、最高大的建築。廳堂是高朋滿座、朋友如雲的聚會之所，應該是富麗堂皇的地方，怎麼會有那荒蕪的野外的荊杞生在這裡呢？正如杜甫所說的：

江上小堂巢翡翠，苑邊高冢臥麒麟。

——《曲江二首》

有一天，當年那些富貴人家所居住的廳堂，當人去樓空之後，當他們的子孫敗落之後，當主人死亡離散之後，他們的廳堂當然就荒蕪了，當然就隤圮了，當然就長滿了這些野生的植物了。這句「堂上生荊杞」與上句「繁華有憔悴」是相連接的，是同樣的意思。「繁華」居然會「憔悴」，「堂上」居然會生了「荊杞」，這是何等的一份盛衰的感慨！

阮嗣宗又說：「驅馬舍之去，去上西山趾。」如此之人世，如此之不可信賴，如此之不可掌握，如此之沒有希望，是這樣的一個危亡、衰亂的時代，所以，「驅馬舍之去」，我要趕著我的馬「舍之」。這個「舍」就如同「捨」一樣，就是捨棄的意思。「舍之」就是離開它。這個「之」是代名詞，代表零落、憔悴而長滿了荊杞的地方，是危亡、衰亂之所在。詩人是說我要趕著我的馬，鞭策著我的馬，離開這個地方，到很遠很遠的地方去。《詩經》上說：「逝將去女（汝），適彼樂土。」（《魏風・碩鼠》）我要離開這個地方，到哪裡去呢？「去上西山趾。」我要到西山的山腳下。「西山」就是《史記・伯夷列傳》中說到的伯夷、叔齊隱居的那座山，就是首陽山。伯夷、叔齊本來是商紂時代孤竹國國君墨胎初的兩個兒子。當武王伐紂，周武王滅了商紂之後，伯夷、叔齊就「義不食周粟」了。他以為武王作為一個臣子居然敢於討伐他的君主，是「不臣」的表現。在《孟子・梁惠王下》曾經記載著這樣一段對話：

齊宣王問曰：「湯放桀，武王伐紂，有諸？」

孟子對曰：「於傳有之。」

曰：「臣弒其君，可乎？」

曰：「賊仁者謂之『賊』，賊義者謂之『殘』，殘賊之人謂之『一夫』。聞誅一夫紂矣，未聞弒君也。」

齊宣王問孟子說：「商湯流放夏桀，周武王討伐殷紂，真有這回事嗎？」孟子說：「在史籍上有這樣的記載。」於是，齊宣王又問孟子說：「作臣子的殺掉他的君主，這是可以的嗎？」那麼，商湯對夏桀說起來，他不是臣子嗎？周武王對商紂說起來不也是臣子嗎？為什麼一個臣子可以去討伐他的君主呢？這豈不是以臣弒君嗎？孟子回答說：「破壞仁愛的人叫做

『賊』，破壞道義的人叫做『殘』。這樣的人，我們就叫他做『獨夫』。我只聽說過周武王誅殺了獨夫殷紂，沒有聽說過他是以臣弒君的。」

在孟子的觀念上認為，商紂王這個人既然是不君，他不以做君主的態度來保愛他的子民，那麼，他的子民當然也可以不以對待君主的眼光來看待他。可是，這只是站在一方面來說，如果說我們只是站在對於人民幸福生活的利害而言，那麼，也許商紂王是暴虐，而周武王伐紂對人民是一種拯救，我們未始不可以這樣說。然而，如果我們從另一方面來說，我們從另外一個觀念來看，就是說站在一個人自己的感情的情操來看，那麼，商紂雖然是君，是不君的，而周武王以臣弒君，那豈不是也不臣了嗎？如果按照這個道理推論下去的話，君臣是人類之間的一種倫理，如果君不君，臣就可以不臣的話，父子之間，是不是當父不父的時候，子就可以不子呢？而且，同樣地推起來的話，在夫婦、兄弟、朋友之間，是不是如果丈夫不忠實的話，妻子也應該如此呢？在朋友之間，別人既然對我詐欺，我也應該對他詐欺嗎？是不是可以如此呢？那麼，有一些人在個人的情感的操守上，就認為不應該如此的。他們認為，儘管父雖然不父，但子總歸是子的。同樣的，夫妻之間、朋友之間也應該是如此的。別人儘管不忠實，然而，我應該是忠實的。這不僅只是說我對對方應該忠實，而且是因為我自己對自己的品行、情操上的忠實。所以，關於伯夷、叔齊之隱居首陽山，「義不食周粟」，關於周武王之攻伐商紂，這是站在兩種不同的觀點，兩種不同的感情來對待的。我們應該同樣地尊重他們的。

伯夷、叔齊就不贊成周武王伐紂，認為這是以臣弒君了，因此，他們恥食周粟。他們認為，如果在周武王之世，他們要出來仕宦是一種可恥的事情，所以，他們就隱居到西山去了。伯夷、叔齊的這種清高的感情的操守非常值得我們尊重。他們既然是不出來仕宦而隱居西山，那他們當然無以為生了，所以，就「采薇而食之」，采首陽山的薇蕨（一種野菜）來吃。當這種野菜被他們採光了，或者冬天來臨了，薇蕨沒有了，不久以後，伯夷、叔齊就餓死在首陽山上了。這段故事見於《史記・伯夷列傳》。阮籍曾經寫過一篇賦，叫《首陽山賦》，就是借伯夷、叔齊的事情來抒寫他自己當時的襟懷的。我在前面講阮嗣宗生平的時候就曾經講過，阮嗣宗這種清高的、放縱的個性，而委曲求全地事奉在當時魏晉之間的政壇之上，他內心之中有許多悲苦、煩亂，他非常嚮往像伯夷、叔齊那樣果然能夠高隱而不顧一切地生活，所以，他說：「驅馬舍之去」，我要「去上西山趾」。「趾」就是山腳下。趾本來是足趾、腳趾頭，這裡解釋為山腳下，就是山根兒底下。他說我要趕著馬離開這樣的地方，到那西山的山腳下隱居起來。

「一身不自保，何況戀妻子！」我剛才說過了，阮嗣宗在當時魏晉之交的危亂之時，他有那種委曲求全地保全的悲哀和痛苦。有的時候，人之所以肯於委曲求全，還不只是因為自己的緣故，說自己果然就貪生畏死而就委曲求全了，有時不是的，而是為了對自己的親屬、家人的一份保愛之意。因為，有的時候會因為自己而連累到整個家族。阮嗣宗的這首詠懷詩裡邊就把這種矛盾、這種憂思表現出來了。他說，我有時想到我一身的安危都不能夠自保，「何況戀妻子！」何況說我還要戀念、還要保愛我的妻子、兒女，我如何能夠保全他們呢？像這樣危亡之世，有一天說不定就會有殺身之禍。所以，當時的阮嗣宗就發出了「一身不自保，何況戀妻子」的悲哀。

「凝霜被野草，歲暮亦云已。」當我抬起頭來，看一看我現在所處的這個時代，那真是一個「凝霜被野草」的時代。「凝霜被野草」的「凝霜」是說凝結的寒霜。我們一般地說露是露水，而當這種露水遇到寒冷的時候，它就會結成一層薄薄的冰，成為「凝霜」了。「霜」字上面加上一個「凝」字，就更把那一份寒冷的意思表現出來了。這個「被」是遮覆的意思。我們常說用被子把我們的身體遮蓋起來，所以，整個都遮蔽了就是「被」。阮嗣宗說，那寒冷的嚴霜整個地把郊原四野的野草都遮蓋的時候，有什麼生物還能保全下去呢？那麼，整個四野的草木都在凝霜的覆蓋、遮蔽之中，都在這種摧毀、零落之中，所以，「歲暮亦云已」了。「歲暮」是一年最後的日子，一年就要過去了，這裡，阮嗣宗是隱喻一個時代的最後的日子，既然是到了這樣歲暮的日子了，那我只好說一切都完結了，什麼希望都沒有了。表現得非常絕望，同時，也表現了他在這個危亡、衰亂之時，那一份要苟且、委曲求全地求生的矛盾和悲哀。所以，阮嗣宗最後四句詩說：「一身不自保，何況戀妻子！凝霜被野草，歲暮亦云已。」

我這樣講解阮嗣宗的這首詠懷詩，雖然是也把這首詩隱喻時代的危亡的意思指了出來，因為這是很明白地就可以看到的。可是，關於這一首詩還有另外的解說，那就是我以前曾經談到過的清朝陳沆所著的《詩比興箋》中的解釋。陳沆的《詩比興箋》裡邊選錄了阮嗣宗的一些詠懷詩，並加以解說箋注。關於這一首詩，陳沆是這樣說的：

司馬懿盡錄魏王公置於鄴，嘉樹零落，繁華憔悴，皆宗枝翦除之喻也。不然，去何必於西山？身何至於不保？豈非周粟之恥，義形於色者乎？而不蹈叔夜菲薄湯武之禍，則比興殊於指斥也。

陳沆認為，那是在當時司馬懿曾經收錄了曹魏的一些王公、一些公侯，都把他們安置在鄴的地方。「嘉樹零落，繁華憔悴」比喻的是什麼？是比喻當時曹魏的一些宗室都受到司馬懿的剷除，受到司馬懿的戕害。按照陳沆的意思，認為「嘉樹下成蹊，東園桃與李。秋風吹飛藿，零落從此始。繁華有憔悴，堂上生荊杞」這些句子，寫的是曹魏的宗室受到司馬懿的翦除。可是，我講的意思是說，這首詩整個是寫時代的衰亡和危亂。我認為「嘉樹下成蹊，東園桃與李」應該是對一個美好時代的嚮往，來與這危亡的時代作對比。那麼，像伯夷、叔齊臨死想到神農、虞、夏一樣，如同陶淵明生在東晉末年，當劉裕要篡晉的時候而寫了《桃花源》一樣，這是一份嚮往。可是，陳沆說這是指曹魏的宗室被翦伐。在這一點上，我的解釋與陳沆的意思是不大相同的。而後面的一半，陳沆的說法跟我剛才所講的意思是一樣的。陳沆說：「不然，去何必於西山？身何至於不保？豈非周粟之恥，義形於色者乎？」他的意思是說，如果阮嗣宗不是指的司馬氏的話，為什麼要用伯夷、叔齊的典故呢？為什麼「去」要到西山去呢？為什麼又說到一身不自保呢？為什麼要用伯夷、叔齊的典故？那豈不是「周粟之恥，義形於色」嗎？「周粟之恥」，就是恥食周粟，也就是恥於在司馬氏手下做事情。如果司馬氏果然有篡逆之心的話，阮嗣宗是不甘於依附這樣的奸逆的。所以，陳沆認為這首詩是諷刺司馬氏的，這當然是可能的。陳沆說「而不蹈叔夜菲薄湯武之禍」，是說阮嗣宗沒有像嵇叔夜（嵇康）一樣招來殺身之禍。嵇叔夜為什麼招來殺身之禍呢？因為嵇叔夜的「菲薄湯武」是非常明顯的指斥。上面我就曾經說過了，「湯放桀，武王伐紂」是以臣弒君了，那麼，當時司馬氏既然有篡逆的野心，而嵇叔夜之菲薄湯武，當然所菲薄的就是司馬氏了，這是很明顯的，所以，就被鍾會所讒毀而被殺死了。而阮嗣宗在詩中說得比較含蓄，比較婉轉，他說「去上西山趾」這就是比興與明顯地指斥的不同，所以，阮嗣宗得到保全，而嵇叔夜被殺死了。

昔日繁華子

昔日繁華子，安陵與龍陽。
夭夭桃李花，灼灼有輝光。
悅懌若九春，磬折似秋霜。
流盼發姿媚，言笑吐芬芳。
攜手等歡愛，宿昔同衣裳。
願為雙飛鳥，比翼共翱翔。
丹青著明誓，永世不相忘。

阮嗣宗的這首詠懷詩，從表面看是寫人與人之間的一種感情，一種彼此相互相信的信念。我在講到《二妃遊江濱》的那一首詩的時候就曾經說到，那首詩的前半首也是寫這種感情互相傾心，互相相許，互相信賴。可是，在「二妃遊江濱」的後來，這種感情有了變化，他們離別了，分散了。現在，我們要講的這第四首詠懷詩，只寫到當年感情的美好，沒有寫到後來的離別、分散。那麼，這樣的詩歌就可以有兩種意思：一種是說，只是對那種單純的那麼歡愛的、美好的懷思、嚮往；另外我們也可以說是以當年的這種歡愛，這種彼此互相信賴的一份美好的感情做一種對比，來慨歎今日之相背棄。不過，這種背棄沒有明白地在這一首詩裡寫出來，只是把一個反比的，從前的美好寫出來而已。那麼，阮嗣宗所寫的是什麼呢？

「昔日繁華子，安陵與龍陽。」從前有過這樣的繁華的、美好的人物。「子」者是指古代男子、女子的通稱。男子可以叫子，女子也可以叫子。「繁華子」就是指一些幸福的、美好的、得意的人物。他們是誰呢？是「安陵與龍陽」，他們就是安陵與龍陽。那麼，安陵與龍陽是什麼人物呢？《說苑》的《權謀篇》裡邊記載著說：

安陵君纏，以顏色美壯得寵於楚恭王。江乙謂纏曰：「吾聞以財事人者，財盡則交絕；以色事人者，華落則愛衰。子安得長被幸乎？」會王出獵江渚之野，有火若雲霓，兕從南方來，正觸王驂。善射者射之，兕死於車下。王謂纏曰：「萬歲後，子將誰與樂？」纏泣下沾衣曰：「大王萬歲後，臣將殉。」恭王乃封纏車下三百戶。故江乙善謀，安陵善知時。

「安陵君纏」的「安陵」就是安陵君，他的名字叫「纏」。「以顏色美壯得寵於楚恭王」。因為安陵君纏的顏色非常美好，所以，他得到楚恭王的寵愛。當時，有一個叫江乙的人對安陵君纏說：「吾聞以財事人者，財盡則交絕；以色事人者，華落則愛衰。子安得長被幸乎？」因為安陵君之得到楚恭王的寵幸是由於他容顏之美好。古時候，有一些人，不但是女子之得到寵幸是因為她容貌之美，有的時候，男子得到寵幸也是因為他容顏之美。江乙對安陵君纏說：我曾經聽說過，如果以財貨、財寶來侍奉人，「財盡則交絕」。那麼，當你的財貨用完了的時候，你的感情也就失去了。因為你之所以能夠和他維繫感情，只是因為你的金錢的緣故。所以，當你的金錢沒有了，感情也就消失了。同樣的緣故，「以色事人者，華落則愛衰」，如果以顏色的美好來與人相交往，來侍奉人的話，當你的容貌凋落以後，你所得到的寵愛也就減退了，也就失去了。現在，安陵君纏是因為他顏色之美才得到楚恭王寵幸的，因此，江乙說：「子安得長被幸乎？」「你怎麼能夠長久地被寵幸呢？」

「會王出獵江渚之野，有火若雲霓，兕從南方來，正觸王驂，善射者射之，兕死於車下。」當時，恰好楚恭王出去打獵，在江邊的野外，有一隻像一團火、像雲一樣的猛獸兕從南方跑來，就正碰到「驂」上。「驂」是駕車的旁邊的一匹馬。當時，就有一個擅長射箭的人，射死了這個猛獸兕，兕就死在楚恭王所乘的車子的下面。於是，楚恭王就對安陵君纏說：「如果千秋萬歲以後，有一天就死了，那麼，你跟誰一起遊樂呢？」因為當時安陵君纏是侍奉楚恭王出來打獵的，所以，楚恭王才問到他。這時，安陵君纏馬上就「泣下沾衣」，當時就流下淚而且沾濕了他自己的衣服，回答楚恭王說：「大王萬歲後，臣將殉。」他說大王你千秋萬歲之後，如果你一旦離開了世界，我願意為你而殉死。楚恭王聽了之後，當然是非常高興的。「恭王乃封纏車下三百戶。」就把車下三百戶的地方封給了安陵君纏。

「故江乙善謀，安陵善知時。」所以，人們說，江乙善於給他出主意，安陵君果然善於把握機會而感動了楚恭王，得到了三百戶的封地。這就是安陵君的故事。

那麼，「龍陽」是誰呢？「龍陽」見於《戰國策》的《魏策》。《戰國策》的《魏策》上記載著說：

魏王與龍陽君共船而釣。龍陽君得十餘魚而棄，因泣下。王曰：「有所不安乎？」對曰：「無。」王曰：「然則何為涕出？」曰：「臣始得魚，甚喜，後得益多，而又棄前之所得也。今以臣兇惡而得為王拂枕席，今爵至人君，走人於庭，避人於途，四海之內，其美人甚多矣。聞臣之得幸於王也，畢褰裳而趨王，臣亦曩之所得魚也，亦將棄矣，安得無涕出乎？」王乃布令，敢言美人者，族。

「龍陽」就是龍陽君。「魏王與龍陽君共船而釣。」有一天，魏王和龍陽君同坐一條船釣魚，「龍陽君得十餘魚而棄，因泣下」。龍陽君本來釣上來很多魚，有十幾尾，而他卻把它們都拋棄了，並且流下淚來。王曰：「有所不安乎？」於是，魏王就問龍陽君說：「你心裡有什麼不安的事情嗎？」對曰：「無。」龍陽君說：「沒有。」王曰：「然則何為涕出？」魏王就問龍陽君說：「那麼，你為什麼流出淚來呢？」對曰：「臣始得魚，甚喜，後得益多，而又欲棄前之所得也。今以臣兇惡而得為王拂枕席，今爵至人君，走人於庭，避人於途，四海之內，其美人甚多矣。聞臣之得幸於王也，畢褰裳而趨王，臣亦曩之所得魚也，亦將棄矣，安得無涕出乎？」於是，龍陽君回答說：「當我剛剛釣上來魚的時候，我也很高興。我後來釣的魚越來越多，也越來越大，我就以為，我後來釣上來的魚更好了，於是，我就想把開始釣上來的魚拋棄掉。因為我釣魚的這樣一種感情，這樣一種聯想，我就想到，現在以我這樣一個不好的人，而能夠「為王拂枕席」，能夠侍奉在大王的左右（這裡的「拂枕席」就是親近地侍奉在左右的意思），你現在是一個王了，你「走人於庭，避人於途」，天下四海之內，沒有一個人不趨奉於你，沒有一個人不想得到你的寵愛。而四海之內，美麗的人太多了，他們聽說我得到大王你的寵幸，於是，那些人也想得到王的寵幸，所以，那些容顏美好的人也都急於跑到王這裡來，而想得到王的寵幸。「褰裳」本來是說把衣服提起來，為什麼要把衣服提起來呢？為的是走路好快一點，急於跑到這裡來。「趨」就是趨走，到王的面前，希望得到王的寵幸。如果天下這些美麗的人都跑來的話，我就如同今天開始釣魚時所得到的第一條魚一樣，將會被拋棄。現在，王對我很好，如果將來有人比我更好、更美，這樣的人來得多了，你豈不是要把我丟棄掉了嗎？所以，我想到我要被王所拋棄，怎麼能不流下淚來呢？於是，魏王就下了一個命令，說如果再有人敢對我說什麼美人的事情，我就會把他的全家殺死。因此，龍陽君就保全了他的寵幸了。

以上是關於安陵與龍陽兩個人的故事。阮嗣宗這首詩中所提到的「安陵與龍陽」，還有一種代表的意思，也就是在君王的附近、身側的人，能夠得到君王寵幸的人。歷來批評、解說這首詩的人都認為這裡的「安陵與龍陽」是隱指司馬氏。因為在當年司馬懿、司馬師、司馬昭他們父子是極其受到魏王寵幸的。我前面曾經講過，引用《三國志》中在魏明帝景初三年，魏明帝臨死的時候，曾經把他的小兒子齊王芳託付給司馬懿，而且，還叫齊王芳抱住司馬懿的頭頸，表示這種託孤的深意。所以，很多批評、解說詩的人就認為這裡的「安陵與龍陽」就是指司馬懿父子得到魏明帝這樣的寵幸和信賴。現在，我們還是先講解這首詩，把它的比興、寄託放到後面去講。

「昔日繁華子，安陵與龍陽。」這兩句是說，從前有非常幸福、美好、得意的人物，比如說像當年的安陵君、龍陽君。當他們美好、幸福的時候，真是：「夭夭桃李花，灼灼有輝光。」「夭夭」兩個字是少好之貌，見於《詩經》。《詩經》中《周南・桃夭》一篇中這樣說：

桃之夭夭，灼灼其華。
之子于歸，宜其室家。

《詩經》對「夭夭」的注解就是少好之貌，年輕而美好的樣子。說桃花春天長得非常茂盛的樣子。「灼灼」是鮮明的樣子。在《桃夭》篇中也有注解，是光彩、鮮明的樣子。本來這個「灼」字是「火」字邊，是說火焰有光彩的樣子，在這裡，當然是說安陵君與龍陽君了。當年他們真是就像春天如此茂盛的、美麗的桃花和李花一樣，「灼灼有輝光」，真是這樣的鮮明，這樣的有光彩。

「悅懌若九春，磬折似秋霜。」「悅懌」是喜樂、愛悅的意思。他們之討人愛悅、喜樂，是因為他們就好像春天一樣的美麗。這裡春天為什麼說是「九春」呢？

我們有時說九春，也有時說九秋，「雁背霜高正九秋」。為什麼說九春，或者九秋呢？因為我們一般習慣把一年分成春夏秋冬四時，每一時季是三個月，每一時季是九十天。春天是九十天，所以說「九春」；秋天也是九十天，稱作「九秋」。我們常常在一些詩文中看到「九春」、「九秋」的字樣。「悅懌若九春」是說他們是這樣的惹人喜愛，這樣的美好，好像是那九十日的春光一樣美好。「磬折似秋霜」，「磬」是一種樂器，以玉或石為之，其形如矩，擊以發聲。說磬這種樂器是用玉或者石頭一類東西做成的，它的形狀就好像彎曲的矩尺一樣，如果敲擊它，它會發出很美好的聲音。古人有時用「磬」來形容人的身體曲折的樣子。比如說，把我們的身體的上半部分曲折向下，鞠躬行禮的時候，以此行為表示恭敬，就稱之為「磬折」。在鞠躬的時候，我們的身體是傴僂的、彎曲的，上身要傾俯向前，好似是「磬」的形狀。在《禮記》的《曲禮》上有這樣一句話「立則磬折垂佩」，意思是說，當我們站立的時候，表示恭敬，有禮節的樣子，上身應該是彎曲向前的，我們身上所佩戴的佩飾是下垂的。《禮記》的注疏上也這樣說：「身宜僂折，如磬之背。」說我們的身體應該是傴僂、曲折的，像磬的背一樣曲折向下。在《尚書・大傳》上記載說：「諸侯來受命，周公莫不磬折。」說諸侯來受命的時候，周公都對他們磬折，是表現周公謙恭下士。所以說，「磬折」兩個字是表示一種謙恭、恭敬的樣子。「似秋霜」的「秋霜」是什麼意思呢？我們知道，秋天的霜是嚴寒的、嚴肅的。當秋霜降下來的時候，草木就好像是受到秋霜的懲罰似的，被摧折了。這裡是說「磬折」的樣子是很恭敬的，很卑微的，很聽命令的，好像是草木被秋日的嚴霜所肅殺一樣。

「流眄發姿媚，言笑吐芬芳。」「流眄」的「眄」同「盼」，是眼睛轉動的樣子。當他的美妙的眼睛轉動起來的時候，真是「發姿媚」，就表現出來嬌媚的姿態。他的姿態是這樣的嬌媚，而且「言笑吐芬芳」。他的言語，他的歡笑所表露出來的生氣是如此之芳香。宋玉的《神女賦》就曾經有這樣的話：「陳嘉辭而云對兮，吐芬芳其若蘭。」那個美麗的神女，當她跟你面前問答的時候，她陳述那美好的言辭的時候，就「吐芬芳其若蘭」。她口中吐出的真是如此芳香的氣味，好像是蘭花一樣的芬芳。

阮嗣宗這首詠懷詩的開頭幾句是說，當年有這樣美好的人物，是安陵君與龍陽君這樣的人物。他們像桃花、李花一樣的鮮豔，一樣的有光彩。他們之討人歡喜，就像九春的春天一樣，他們之恭敬，就像秋天嚴霜之下的草木。他們眼睛之流動，表現出這樣嬌媚的姿態，當他們言語歡笑的時候，口中吐露出如此芬芳的氣息。

「攜手等歡愛，宿昔同衣裳。」那個時候，君王對安陵君、龍陽君這樣的人真是「攜手」並肩。「攜手」是極言其行動舉止親近不分離的樣子，總是手拉著手，肩並著肩「等歡愛」。「等歡愛」是何等的歡愛。古人常常省略一個字，比如說韓退之韓愈被貶到潮州的時候，曾經寫過一首詩，他說：「欲為聖明除弊事，肯將衰朽惜殘年！」（《左遷至藍關示侄孫湘》）「肯將衰朽惜殘年」的「肯將」不是「肯將」，而是「豈肯將」的意思，是說我哪肯愛惜我衰朽的殘年。所以，這裡的「等」是「何等」的意思。在中國的詩文之間，往往會有這種情形，即常常省略掉一個字，說「豈肯」不說「豈肯」，而說「肯」；「何等」不說「何等」就說「等」。阮嗣宗這裡是說，當年他們真是攜手並肩，是何等的歡愛。「宿昔同衣裳」，「宿昔」，一夜叫「宿」，「宿」當夜講，見於《廣雅》。現在，我們有時也講一宿，就是一夜的意思。這個「宿」字俗稱「宿（ㄒㄧㄡˇ）」。「昔」也是夜。《莊子》的《天運》篇說：「通昔不寐。」「通昔不寐」就是通夜不寐，通夜不寐就是整夜都沒有睡。所以，這句詩的「宿昔」就是夜夜的意思。「宿昔同衣裳」是說他們感情之歡愛、之美好，真是手拉著手，如此地相歡相愛；真是朝朝暮暮、夜夜通宵在一起。「同衣裳」是表示非常親近的樣子。《詩經》上說：「豈曰無衣？與子同袍。」（《秦風．無衣》）《詩經》上所說的同衣同袍是說軍旅中將士、士卒之間的和好、同心，同仇敵愾。有的時候，「同衣裳」也代表夫妻之間感情的美好。在這首詩中，表示一種歡愛的、親近的感情，是說他們真是夜夜同寢共枕，「同衣裳」的親密的感情。

「願為雙飛鳥，比翼共翱翔。」當時，他們的願望真是希望做一對比翼雙飛的鳥，他們的翅膀挨著翅膀，比翼雙飛，共同地翱翔在雲霄之間。所以，在天願作比翼鳥，在地願為連理枝。這是何等的一份誓言！何等的一份信愛之心！

「丹青著明誓，永世不相忘。」他們這一份歡愛、美好的感情，信賴、交託之心是「丹青著明誓」。什麼是「丹青著明誓」？「丹」是說紅的顏色，「青」就是青的顏色。丹青這兩個顏色是用來畫圖畫用的。「明誓」是說明白的誓言，這樣堅決、明白的誓約，一種宣誓的誓詞。「著」是寫下來。阮嗣宗說，這種明白的誓言是用丹青的顏色寫下來的，這表示什麼？表示這種誓約之堅定、不改變。《東觀漢記》裡邊記載著光武帝的一個詔命，說「明設丹青之信」，意思是說，我們要如此明白地設立一個以丹青寫下來的這樣一個堅定不變的信約。所以，「丹青著明誓」是表示用丹青的顏色寫下的這一個明誓是何等的堅定，永不改變。「永世不相忘」是說這樣明明白白用丹青寫下來的誓約，我們千年萬世，永遠永遠不會互相忘記，不會互相背棄。

阮嗣宗的這首詠懷詩，從表面上看，他寫的是何等的一份信心，何等的一份愛意。可是，我們知道，當時阮嗣宗寫這首詩的時候，不管他只是正面的寫一份歡愛、信賴的感情，還是他在這首詩裡邊已經有一種隱約的反面的譏刺之意，都是要表示感慨，像這樣的信心，這樣的愛心是不可得的。即使是他正面地寫，那也只是表示對那種美好的感情的一種嚮往，一種懷思。何況前人批評這首詩，說它是譏刺司馬氏父子。陳沆在《詩比興箋》中就這樣說：「丹青明著，慨託孤寄命之難。」意思是說阮嗣宗感慨魏明帝當時的那一份「託孤寄命」的信賴之心，可是，畢竟後來被司馬氏背棄了。

阮嗣宗的這首詠懷詩，雖然是在表面上寫這一份感情的美好。但其中很可能有另外的一種用意。就是以這一份感情的美好作反襯，慨歎這一份感情不是真的就如此可以交託、信賴，如同前面我們所講過的阮嗣宗的第二首詠懷詩中所說的「如何金石交，一旦更離傷」。他是把這一份美好的感情當作那互相背棄的一個反面的陪襯。如是說來，這一首詩究竟說的是什麼呢？

本來只是這一份感情的不可信賴的一種反襯，就已經能夠引起我們對人世之中的很多感慨了。比如說，像杜甫有一首詩，題目叫《貧交行》，說「翻手為雲覆手雨，紛紛輕薄何須數」。杜甫說，世界上有許多不可信賴的感情，那種感情的變化，那種感情的背棄，像什麼一樣？就像翻手為雲，覆手為雨一樣。那種雲雨的變化，一下子是晴天，一下子就陰天，一下子就下雨。他說這種陰雨、陽晴的變化就如同翻手、覆手一樣的容易。我們的手掌翻起來是何等容易的事情，而有的時候，感情之不可信賴，那種互相遺忘、互相背棄，就跟天上的陰晴、雲雨一樣之不可把握、不可捉摸，而且，變化得很快，很容易。所以說，這首詩本來只是寫人世之間這樣的一種悲慨，就已經寫得很好了，而且，這是任何一個時代，任何一個人物都可以感受到的一份悲慨。不過，前面我已經說過了，阮嗣宗的這些詠懷詩，有人已經對它有另外的箋注和解釋了。因為阮嗣宗「身仕亂朝」，生當魏晉之交的時候，看到了司馬氏父子之專權，因此，有許多人認為，他的詩不是很浮泛地寫一般的人情冷暖變化之不可信賴而已，而是有更明確的一種意思，即指的是當時的那個時代。那麼，阮嗣宗的這首詠懷詩指的是什麼事情呢？前面我也曾說過，陳沆的《詩比興箋》裡邊的「阮籍詩箋」，關於《昔日繁華子》這一首詩是指的司馬氏父子。陳沆說：

典午父子，陰譎險詐，奸而不雄。……詠懷多妾婦之況，嘲笑代其怒詈；比興韜其刺譏。金石離傷，明翻雲覆雨之易。丹青明誓，慨託孤寄命之難。

「典午父子，陰譎險詐，奸而不雄。」「典午」就是司馬的別稱。「典」就是主持一件事情，管理一件事情，也就是司。「司」也是主持、管理的意思。所以，「典」同「司」的意思是一樣的。「午」就是馬的意思。我們中國有十二個屬相，如說「午馬」，就是「子鼠、丑牛、午馬」的午馬。所以說，「午」就是馬。可見，「典午父子」就是司馬氏父子。說這些人是如此之陰險，如此之詭譎，如此之險詐，所以，他們就「奸而不雄」了。陳沆說「詠懷多妾婦之況，嘲笑代其怒詈；比興韜其刺譏」。他說阮嗣宗的詠懷詩多半都以妾婦之辭來比喻當年的司馬氏父子。這裡陳沆指的是，像《二妃遊江濱》這一首詩指的是司馬氏父子，像安陵君跟龍陽君這些受到寵愛、庇愛的小人，也指的是司馬氏父子。陳沆認為，阮嗣宗以嘲笑來代替他的那種怒罵，用比興之辭來韜晦他的刺譏之意。「金石離傷，明翻雲覆雨之易。丹青明誓，慨託孤寄命之難」，所以，陳沆說，《二妃遊江濱》那首詩中「如何金石交，一旦更離傷」中的「金石」、「離傷」就是證明，說明「翻雲覆雨」之易。這裡的「翻雲覆雨」就是剛才我所引的杜甫那首詩中說的「翻手為雲覆手雨，紛紛輕薄何須數」。是說人世之間人情冷暖的變化就像翻手為雲覆手作雨一樣，意思指司馬氏父子之背棄曹魏，真是如「翻雲覆雨」一樣的容易。「丹青明誓，慨託孤寄命之難」，他說「丹青著明誓」是在感慨曹魏的魏明帝託孤寄命的那一份艱難。以前我們曾經講過魏明帝在臨死之前，曾經「忍死」等到司馬懿回來，把他的兒子齊王芳交託給司馬懿，希望司馬懿能夠輔佐齊王芳，真是「託孤寄命」的一份艱難用心。

天馬出西北

天馬出西北，由來從東道。
春秋非有託，富貴焉常保？
清露被皋蘭，凝霜霑野草。
朝為媚少年，夕暮成醜老。
自非王子晉，誰能常美好？

「天馬出西北，由來從東道」的「道」字，我們現在一般都念「ㄉㄠˋ」，但古時候這個字讀上聲，念「ㄉㄠˇ」，跟後面幾句詩末尾的字「保」、「草」、「老」、「好」是押韻的。

阮嗣宗的這首詠懷詩，我們還是先講解它表面的字義，然後，我們再看前人的喻託之說是怎麼樣解釋的。

「天馬出西北，由來從東道。」這首詩從表面上看，如結尾兩句詩所說的「自非王子晉，誰能常美好？」是說一些美好的事情不能夠長久保全，天下很多事情不是人類所能掌握的，所能把持的。所以，開頭兩句詩就以「天馬」來作比喻，說天馬是出於西北的。什麼是天馬呢？《史記・大宛列傳》說：

……得烏孫馬好，名曰「天馬」；及得大宛汗血馬，益壯，更名烏孫馬曰「西極」，名大宛馬曰「天馬」云。

《大宛列傳》的「宛」字是指西域的一個國家的名稱。《大宛列傳》上說漢朝的時候，起初從西域的烏孫國那裡得到一種好馬，為了對這種馬表示讚美，所以，就把這種馬稱為「天馬」；「及得大宛汗血馬」，可是，後來又得到西域的大宛國所出的一種馬，叫「汗血馬」。據說漢血馬能夠走千里之路。如果它走了很長遠的路之後，流出汗來的時候，它的汗出如血，像血一樣。這正是一種名馬的特徵。所以，人們就管它叫做「汗血馬」。「益壯」，說是這種汗血馬比當初所得到的烏孫馬更矯健、更強壯，所以，就「更名烏孫馬曰西極，大宛馬曰天馬」，把烏孫馬改名叫「西極」，管大宛的馬叫「天馬」。因此說，「天馬」就是西域大宛國的馬。大宛國位於中國的西北方。阮嗣宗說「天馬出西北」，是說像天馬這樣的名馬是出產於西北的地方。什麼叫「由來從東道」呢？沈約解釋這句詩說：「由西北來東道也。」其意思是說，天馬是由西北來到中國，而中國相對西域的大宛國來說，我們是在東方，所以，天馬由西域而來東方，所走的道路就是東道。因此，阮嗣宗說天馬本來出自西北，它是從一條往東方的道路來到中國。它怎麼會來到東方的中國呢？阮嗣宗的意思是說，天下有很多事情你是不能保留住的，像天馬這樣的好馬也不能夠長久地留在故鄉而不離開。宋朝的一個詞人叫秦少游，他所寫的兩句詞是：「郴江幸自繞郴山，為誰流下瀟湘去？」（《踏莎行・郴州旅舍》）這是秦少游被貶官到湖南郴州時所寫的兩句詞。在郴州那裡有一條江水叫作郴江，那裡還有一座山叫作郴山。那郴江本來就是在郴山的山下流過去的，因此，秦少游說「郴江幸自繞郴山」，他說郴江本來是幸福的，是美好的，它就流在郴山的腳下。可是，他下一句就說了，「為誰流下瀟湘去」？郴江能夠永遠地流淌在郴山的山腳下嗎？不能的，郴江流走了，流到哪裡去了？滔滔的江水一逝無還，流向瀟湘這樣遠的地方去了。那麼，天馬本來是出自西北的，為什麼居然來向東道呢？可見，有多少人離開了他的故鄉，失去了他當年所保有的、所喜愛的一切。一切都改變了，無可把握了。阮嗣宗在這首詩的頭兩句就寫出了這樣的一份悲哀，就是秦少游所寫的：「郴江幸自繞郴山，為誰流下瀟湘去？」

接下去，阮嗣宗寫同樣的一份悲慨：「春秋非有託，富貴焉常保？」「春秋非有託」的「託」字，鄭玄的《禮記注》上有這樣一種解釋：「託，止也。」就是停止的意思。本來我們說到一個託身的地方去，就是說託身在哪裡，我們留在哪裡，停止在哪裡。沈約解釋阮嗣宗這首詩，說：「春秋相代，若環之無端，天道常也。」沈約說，春去秋來，這春秋四季之互相更迭、互相替代，就像一個圓圓的環一樣，是沒有頭緒的，哪裡是它的開始？哪裡是它的終了？永遠是循環的，你找不到它的盡頭之所在。這裡，我們簡單地把春夏秋冬四季說成是春秋，實際上不是說從春一下子就跳到秋了，當然中間還有夏，而且秋之後還有冬。我們一般就以春秋兩個字代表了一年整個四時的變化了。所以說「春秋相代」就「若環之無端」，這正是「天道常也」。這正是天道之常，天道的四時運行就是如此循環不已的，沒有一個停止的地方。因此，阮嗣宗說「春秋非有託」。人類的一些改變、一些更迭就如同春秋四季一樣「非有託」，它沒有一個停止的所在。春去夏來，夏去秋來，秋去冬來，冬去又是春來，永遠是這樣循環，沒有一個停止。人世的多少盛衰，多少興亡，一切的改變也是如此的。你不能夠保留在一點上永不改變，這是一件不可能的事情。你如果是喜歡春天，你要把陽春三月永遠都留住，哪裡有這樣的事情？春天是不會停止在這裡的。所以，阮嗣宗說「春秋非有託」。同樣的，天道是如此，人世何嘗不是如此呢？人世之間的富貴繁華「焉常保」。「焉」是說如何。人世的富貴繁華又如何能夠長久地保持下去呢？有盛必有衰，這是必然的事情了，所以說「富貴焉常保」。

「清露被皋蘭，凝霜霑野草。」有一天，當春去秋來的時候；有一天，當你的美好的日子失去的時候，那是什麼時候？「清露被皋蘭」，就如秋天來臨的時候一樣，那淒清、寒冷的露水灑在皋蘭的上邊了。「皋蘭」的「皋」是說靠近水的潮濕的地方，一些低濕的地方叫「皋」。「蘭」當然是一種花，一種蘭花。所以，「皋蘭」就是水邊上的蘭花。因此，就有「蘭葉春葳蕤」（張九齡《感遇》）的詩句了。說蘭花在春天的時候，長得這樣茂盛，長得這樣美好。從前唐朝的陳子昂、張九齡，他們都曾寫過《感遇》詩，都曾經以蘭花做過比喻，裡邊有一首詩是這樣說的：

蘭若生春夏，芊蔚何青青！

歲華盡搖落，芳意竟何成？

遲遲白日晚，裊裊秋風生。

幽獨空林色，朱蕤冒紫莖。

——陳子昂《感遇三十八首其二》

陳子昂說，蘭花和杜若這類植物，在春天的時候，是「芊蔚何青青！幽獨空林色，朱蕤冒紫莖」。可是，有一天，春去秋來，「遲遲白日晚，裊裊秋風生」。當秋風吹起的時候，「歲華盡搖落」，那一歲的芳華都凋零搖落了，留下什麼？是完全落空了。所以，阮嗣宗這首詩說「清露被皋蘭」，那水邊的蘭花在春天的時候真是「芊蔚青青」，這樣的茂盛，這樣的美好。可是，有一天，秋天的淒清的寒露會灑遍在這蘭花上。「被」本來是覆蓋的意思。覆蓋、遮蓋就是灑滿了，被寒冷的露水遮蓋了，蘭花當然就凋零、萎落了。「凝霜霑野草」，不但是清露灑遍了皋蘭，而且，有一天更冷了，那凝結的嚴霜就沾濕灑遍在野草上邊，野草也都枯萎、凋零了。

關於這種悲哀，阮嗣宗在他的詩裡邊也常常這樣表現。我們在從前講過的第三首詠懷詩裡邊不是就有這樣一句詩：「凝霜被野草，歲暮亦云已」嗎？當嚴霜灑遍了野草之上的時候，百卉都凋零了，一切的芳菲都零落了。阮嗣宗在這首詠懷詩中說：「清露被皋蘭，凝霜霑野草。」這重複的兩句是相同、相似的意思，可是，第二句比第一句寫得力量更大。第一句說的是「清露」，到第二句就是「凝霜」了；第一句說的是「皋蘭」，第二句說的是「野草」，整個的四野的原野沒有一個植物可以躲避那嚴霜的侵襲。所以，在這種情境之下，「清露被皋蘭，凝霜霑野草」。什麼草木不凋零呢？什麼生命不萎落呢？如果我們看到春秋季節的更迭和草木的凋零，就會知道人類的一些盛衰、一些死生的變化也是如此的。

「朝為媚少年，夕暮成醜老。」我們人類短短的生命只有數十寒暑，跟那草木短短的一年的生命同樣的短暫。對於我們人類來說，一個人當他年輕的時候，看起來真是如此的美好，如此的年少，正是「朝為媚少年」。「朝」是說早晨，「夕」是說黃昏。當然，人類並非草木。有些花是朝開夕萎的，早晨開了，黃昏的時候就萎落了，這些花的生命是這樣的短暫。人的生命當然還不至於像這些花一樣如此短暫，只有一天的生命力，說是早晨還是少年，到了晚上就變成「醜老」了。阮嗣宗在這首詩中用了一個「朝」字，用了一個「夕」字，比喻就人類的生命來說，雖然是數十寒暑，可是，有一天你到了遲暮的時候，你猛然回首當年，你會覺得這一生的變化也不過是朝夕之間的事情而已了。所以，李白在《將進酒》一詩中，也曾有「朝如青絲暮成雪」的詩句。《漢書》的《蘇武傳》上也記載著李陵對蘇武所說的話。李陵說：「人生如朝露，何久自苦如此？」意思是說人生就跟朝露一樣，強調人生的短暫。阮嗣宗這兩句詩的意思是說，早晨也許還是一個如此美好的少年，可是，當夕暮黃昏的時候，就這樣醜陋了，這樣衰老了。一個「朝」一個「夕」相對比，寫得如此有力量，真是「朝為媚少年」，「夕暮」就「成醜老」了。

「自非王子晉，誰能常美好？」他說人世之間有沒有人能夠保持他的美好而不改變呢？也許有一些神仙，像王子晉。王子晉是誰呢？根據《列仙傳》記載：

王子喬，周靈王太子，晉也。好吹笙，作鳳鳴。遊伊、洛之間。道人浮丘公，接以上嵩高山，三十餘年；……後立祠緱氏山下。

相傳王子晉就是王子喬。他是從前周靈王的太子，名字叫晉。他很喜歡吹笙（一種樂器），他吹笙的時候就「作鳳鳴」，吹出來的聲音就好像是鳳凰鳥的叫聲一樣。他曾經「遊伊、洛之間」，他曾經嬉遊、周遊在伊水、洛水一帶的地方。「道人浮丘公，接以上嵩高山，三十餘年」。有一個道士是浮丘公，帶領他登上嵩山去學道，修煉有三十多年之久。「後立祠緱氏山下」。後來在緱氏山的一個山峰上，就騎著白鶴成仙飛去了。阮嗣宗借這個神仙的故事，說：「自非王子晉，誰能常美好？」意思是說，當然我們沒有一個人是王子晉這樣的神仙，都不是神仙，那麼，誰能長久保持他的美好呢？這裡「自非」的「自」字，「誰能」的「誰」字，這種語詞表現出來的那種悲慨的口吻，表現得很好，很有力量。天下本來就沒有像王子晉這樣的神仙，既然我們都不是王子晉，那麼，哪一個人能長久地保持他的美好呢？沒有一個人可以保持他長久的美好。

阮嗣宗的這首詩，從表面上看是寫這種盛衰興亡、變化無常的悲慨。可是，陳沆在《詩比興箋》的《阮籍詩箋》裡邊，認為他的這首詩是指司馬氏父子。陳沆這樣說：

馬出西極，途非不遙。孰召使來？則由東道主人引之。猶司馬氏本人臣，而致使有禪代之勢，非在上者致之有漸乎？四時更代，富貴無常。忽則易人，履霜不戒，遂致肅殺。全盛之勢，倏成衰亡，如少年之忽老也。天馬寓典午之姓，凝霜示履霜之漸，若云其所由者，非旦夕之故矣。由辨之不蚤辨也。

「馬出西極」，「西極」是西域的地方，他說天馬這種馬本來是出自遙遠的西域的地方。「途非不遙」。路途不是不遙遠，牠為什麼能夠從這麼遠的西方跑到我們中國來？「孰召使來」？是誰召命使牠來的？「則由東道主人引之」。那是由東方的路上的一個主人召引牠來的。「東道主人」四個字本來出於《左傳》的《燭之武退秦師》那一段，說是「東道主人」是東邊路上的一個主人。那麼，現在陳沆在《阮籍詩箋》中說天馬是由東道主人引牠來的，他說的是誰呢？「猶司馬氏本人臣，而致使有禪代之勢，非在上者致之有漸乎」？他說這兩句就是一個比喻，比喻司馬氏本來是「人臣」，他本來是做臣子的地位，而後竟然致使得他有「禪代之勢」，「禪代」就是指由於禪讓而代位，而做起皇帝來了。司馬氏居然能夠造成他這樣的形勢，是誰使他造成了這樣的形勢呢？「非在上者致之有漸乎」？他說那豈不是在上位的帝王是使他造成如此一個形勢的原因嗎？那麼，這樣看起來，「天馬出西北」的「天馬」，在陳沆的解釋中指的是司馬氏，而「東道」的主人指的是曹魏的君主，應該是魏明帝。

陳沆後面又接著說：「四時更代，富貴無常。忽則易人，履霜不戒，遂致肅殺。全盛之勢，倏成衰亡。」陳沆認為，阮嗣宗在這首詩中為什麼說到「春秋非有託，富貴焉常保」呢？因為「四時更代，富貴無常」。春夏秋冬的四時更迭，這樣輪流交替。人世的富貴無常，很快地就會改變了。原來這個人是富貴的，可是，轉眼之間，這個人就變成貧賤的了；原來那個人是貧賤的，可是，轉眼之間，那個人就變成富貴的了。當你稍微一不注意的時候，馬上就改變了。所以，「履霜不戒，遂致肅殺」。古人說，「履霜則堅冰至」。如果你看到地上有寒霜了，冬天就要來了，那凝結的堅固的寒冰就快要來了。有了秋天的嚴霜，就會有冬天的堅冰。如果你看到秋天的嚴霜的時候，你沒有準備，「履霜不戒，遂致肅殺」。秋天之霜是冬天之冰的預兆。看到這個衰敗的預兆而不預防，那衰敗當然就會來到了。所以，「履霜」如果不警戒，就會遭到「肅殺」而落到凋零的結果。「全盛之勢，倏成衰亡」。本來是全盛的形勢，可轉眼之間，就會變成衰殘、敗亡了。「如少年之忽老也」。就如同一個少年，轉眼之間，就衰老了一樣。那麼，陳沆的意思是說司馬氏之所以能夠養成他篡位的勢力，是由於曹魏的朝廷使他養成的。因為曹魏的朝廷君主自己不知道警惕，不知道戒備，所以，當然就會由盛而衰，走向敗亡之路。這就如同一個人由少年強壯走向衰老的暮年一樣。陳沆又說：「天馬寓典午之姓」，為什麼說天馬？就因為司馬氏的姓裡邊有一個「馬」字，所以，就用「天馬」兩個字。「凝霜示履霜之漸」，「凝霜」就正是表示履霜堅冰至的一種衰亡的預兆。「若云其所由者，非旦夕之故矣。由辨之不蚤辨也」。造成司馬氏篡位的這種形勢，不是旦夕之間的事情，它的由來已經很久了。只是因為曹魏沒有很早地加以警惕、戒備就是了。

以上就是陳沆的《詩比興箋》對阮嗣宗這首詠懷詩的解釋。其實，我們即使不看陳沆的這種解釋，我們不把這首詩講成確指當時司馬氏養成這種「禪代」的勢力，這種寓託，只從表面上來看這首詩，欣賞這首詩，它所表現的那一份無常的悲慨，也是寫得非常好的。所以說，阮嗣宗的這幾首詠懷詩之所以寫得好，當然並不是僅只由於它裡邊有一種寓託，暗指當時的司馬氏的篡弒，有這種諷喻才說它好。詩歌的價值當然在於它有一份內容的涵義，可是，詩歌的真正價值還在於它是一種藝術品，不在於它表現了什麼，而在於它如何表現，怎樣表現，表現的效果好不好。同樣是一份忠愛的感情，可能這個人表現得很好，那個人雖然表現的也是忠愛，然而，表現得不好，他的作品就失敗了。所以，阮嗣宗的詩歌真正成功的地方，他的詩歌真正的價值，我認為，其實並不完全在於它裡邊所指的究竟是什麼樣的人物，而是在於他表現的那一份藝術之好。因此，我們讀阮嗣宗的詠懷詩自然有一份悲慨。雖然我們所生的時代不是魏晉之交的時代，並沒有司馬氏篡弒的情形，可是，我們同樣受到感動了，僅因為他所表現的一份情意是如此地可以包括、籠罩古今的一份悲慨。我們可以深求，也可以這樣地指實，說他指的是某一個人，某一件事。可是，如果我們不深求，不指實，我們也同樣感受到了他那一份美好的深意。這正是阮嗣宗的詩寫得成功的地方。

登高臨四野

登高臨四野，北望青山阿。
松柏翳岡岑，飛鳥鳴相過。
感慨懷辛酸，怨毒常苦多。
李公悲東門，蘇子狹三河。
求仁自得仁，豈復歎咨嗟？

「登高臨四野，北望青山阿」的「阿」字，在這裡押韻，押的是「哥」韻，念「ㄜ」。

「松柏翳岡岑，飛鳥鳴相過」的「過」字在這裡應該念「ㄍㄨㄛ」。這個「過」字有平仄兩個讀音，如果它當作名詞講，是罪過、過錯的意思時，就念「ㄍㄨㄛˋ」；如果它當作動詞講，是經過的意思，就應該念「ㄍㄨㄛ」。我們現在一般口語的讀音，無論是名詞還是動詞，無論是罪過、過錯的意思，還是經過的意思，我們都念它「ㄍㄨㄛˋ」。在詩裡邊，它押的是平聲韻，所以，我們最好把它念成「ㄍㄨㄛ」。

「求仁自得仁，豈復歎咨嗟？」這個「嗟」，有三個讀音。現在我們俗念把它念成「嗟（ㄐㄧㄝ）歎」。那麼，這個字除了俗念成「ㄐㄧㄝ」之外，它在詩韻裡邊可以押「麻」韻，念「ㄐㄧㄚ」。它還可以押「哥」韻，應該念「ㄗㄜ」。這個「麻」韻和「哥」韻在古代是可以通押的。這個「嗟」字，跟前面的「青山阿」、「鳴相過」、「常苦多」、「狹三河」一起押韻，應該念「豈復歎咨嗟（ㄗㄜ）」，應該念平聲「哥」韻。當然，我現在的讀音不見得是很正確的古音，因為真正古人的讀音究竟應該怎樣讀，時代相差了一兩千年之久，已經不可確知了。像阮嗣宗的詩，那是在魏晉之交的詩歌，距離現在已經非常久遠了，他當時的念音是如何的，我們並不可確知，我也不可能正確地讀出來古人當時的讀音，只是在道理上它的讀音原則是如此的就是了。

下面，我們開始講解這首詩。

「登高臨四野，北望青山阿。」阮嗣宗的詩真是如前人所批評的：「言在耳目之內，情寄八荒之表。」我們在以前講到阮嗣宗的生平的時候，曾經講到說阮嗣宗有時一兩句詩所寫的是眼前尋常的景物，而給我們的感受、所蘊含的那一份情意的深厚真是如此之「厥旨淵放，歸趣難求」。所以說，前人的批評是非常切當的。比如說，像這首詩開頭的兩句：「登高臨四野，北望青山阿。」如果我們只是從字面上講，是說我登到高山之上，向四面眺望，向北可以看到一片青色的山巖。這只是外表的解釋，即「言在耳目之內」。可是，這兩句詩所含的一份古今的那種盛衰興亡的無常的悲慨是非常深遠的。「登高臨四野」，我們先要設身處地地體會它這一份意境。古人往往在登高遠望的時候，就會引起一份今古蒼茫的悲慨。尤其是對阮嗣宗來說，這是一件非常確實的事情。我講過阮嗣宗曾經登過廣武山，看到楚漢當年作戰的地方就發生了悲慨，說：「時無英雄，使豎子成名。」他還有一次登上武牢山，也曾經寫過詩篇來記載他登山的一份悲慨。由此看來，當登高遠望的時候，那一份今古蒼茫的悲慨，對阮嗣宗來說是非常自然的一件事情了。而且，不但是阮嗣宗如此，一般的詩人，一般敏感、善感的詩人，當他們登高遠望的時候，都會有這一份悲慨的。像唐朝詩人陳子昂所寫的《登幽州台歌》，他說：

> 前不見古人，後不見來者。
> 念天地之悠悠，獨愴然而涕下。

可見，登高望遠的悲慨是一般詩人所常有的。阮嗣宗說：「登高臨四野，北望青山阿。」「臨」是面對著。「四野」是四方一片遙遠的原野。「青山」是一片青青的山岡。「阿」字念「ㄜ」，它有幾種解釋：彎曲的地方叫阿，高大的山嶺也叫阿。有人認為，這個「阿」字是指山崖彎曲下來的地方，是山崖底下的地方。所以說，「若有人兮，山之阿」（屈原《九歌・山鬼》）。意思是彷若有人在山之阿。也有人認為這個「阿」就是大的山陵，所謂山阿，就是指大的山陵。這兩句詩是說，我登高面臨四方的原野，向北看到一片青青的山岡。

「松柏翳岡岑，飛鳥鳴相過。」我看到那北方青色的山岡上，有松樹和柏樹。「松柏」的「柏」是入聲字，念「ㄅㄛˋ」。我們平時在口語中讀「ㄅㄞˇ」，而讀詩的時候，就應該讀古來的入聲的讀音。「翳」是遮蔽的意思。「岡岑」的「岡」是山脊，山背高起的地方叫山岡。「岑」是山小而高者，山很堅銳、很高的那種小山叫岑。「松柏翳岡岑」是說有多少松樹、柏樹遮蓋在那北方的山岡、山峰上。那麼，這裡的「松柏」，除了我們一般所說的山上的松樹和柏樹之外，本來也有另外的意思，就是古人的墓地。墳墓所在的地方往往都種植著松柏來當作墳墓的標幟。因此，也有人認為，古之葬，植松柏梧桐，以識其墳。「松柏」指的是山上的陵墓，墳墓所在的地方。可是，我認為，我們這裡並不一定要把「松柏」解釋為山上的墳墓所在的地方，我們就說它泛指山岡上那一片青蒼的松樹、柏樹就可以了。「飛鳥鳴相過」，我看到有陣陣高飛的飛鳥一邊叫著一邊飛走了。

現在，我講的也仍然是從表面的字義上來解釋的。可是，除此之外，它應該另外更有一份他內心的悲慨在其中，我以前曾經說過，古人寫詩，有的人寫山只是山，寫水只是水。可是，也有一些詩人，他雖然也是寫山，而他所寫的不只是現實的那個山而已；他寫水也不僅只是現實的水而已。比如說陶淵明的《飲酒》詩中說：

采菊東籬下，悠然見南山。
山氣日夕佳，飛鳥相與還。
此中有真意，欲辯已忘言。

——《飲酒・其二》

陶淵明怎麼會從那南山之中看到一份真意呢？那南山就不只是南山了，南山就成為陶淵明所體會的一份真意了。這裡，我們不是在講陶淵明的詩，關於陶淵明所體會到的那一份南山的真意，我們放下不提。阮嗣宗從那北方的山峰上的松柏以及飛過去的飛鳥體會到什麼呢？唐朝有一個很有名的詩人叫杜牧，號牧之，杜牧之。杜牧之曾經寫過一首詩，裡邊有這樣的句子：

長空澹澹孤鳥沒，萬古銷沉向此中。
看取漢家何事業，五陵無樹起秋風。
——《登樂游原》

杜牧之說「長空澹澹孤鳥沒」，你看那遠方的長空，有一隻孤獨的飛鳥，「沒」念「ㄇㄛˋ」，就是消失的意思。「萬古銷沉向此中」，當你看到一隻飛鳥在天邊消失的時候，就會感到那千年萬世的萬古也都消磨了，也都逝去了，「萬古銷沉」就「向此中」，就在這情景之中消逝了。哪種情景之中？就在「長空澹澹孤鳥沒」的情景之中有多少千古的往事都如此地消沉了，如此之蒼茫，如此之遙遠，如此之不可蹤跡。杜牧之又說：「看取漢家何事業，五陵無樹起秋風。」你要看一看漢朝留下來什麼功業？漢武帝當年的武功留下些什麼？「五陵」是漢朝皇帝的墳墓。你看那漢朝皇帝的墳墓，「無樹起秋風」。如果我們說，這些帝王已經死了，他的朝代老早就滅亡了，只剩下墳墓，只剩下墳上的松柏樹了，就已經是很淒涼的了。可是，這首詩中杜牧之說它連樹都沒有了，「五陵無樹起秋風」，在秋風之中，不但是人已死去了，而且，連墳陵上的樹也被人砍伐找不到了。我們從杜牧之的這首詩裡可以看到，「長空澹澹孤鳥沒，萬古銷沉向此中」的一份今古蒼茫的盛衰的悲慨。阮嗣宗所寫的「松柏翳岡岑，飛鳥鳴相過」，那一份蒼茫，那一份悲慨，其意境同杜牧之所寫的是非常相近的。「松柏翳岡岑」，如此之蔥鬱的，如此之蒼茫的，無盡頭的一片青山，「飛鳥鳴相過」，有多少飛鳥這樣遼遠地，這樣匆促地，這樣迅速地消逝了，那不只是青山而已，不只是飛鳥而已，是一份今古蒼茫的盛衰之悲慨。

「感慨懷辛酸，怨毒常苦多。」我們從「登高臨四野，北望青山阿。松柏翳岡岑，飛鳥鳴相過」這四句詩中已經體會到阮嗣宗一份登高望遠的蒼茫悲慨了，緊接著阮嗣宗把這一份悲慨直接地說了出來：「感慨懷辛酸」，當我看到這種景象的時候，真是滿懷的感慨，滿懷的辛酸。因為人世之間一切盛衰，一切興亡都是這樣的無常，這樣的短暫，這樣的消逝，「怨毒常苦多」了。想到人世之間一切種種的事情，真是有多少「怨毒」。「怨毒」就是怨恨。這種怨恨真是太多了，他說我常常苦於怨毒之多。「苦多」的「苦」是一個加重語氣的字。李後主曾經有一首小詞：

> 林花謝了春紅，太匆匆。無奈朝來寒雨晚來風。
> 胭脂淚，留人醉，幾時重？自是人生長恨水長東！
>
> ——李煜《相見歡‧林花謝了春紅》

本來「林花謝了春紅，太匆匆」，這種無常的悲慨就已經使人感慨了，而更何況「無奈朝來寒雨晚來風」。林花要凋零了，萎謝了，而在那短暫無常的生命之中，還有那朝來的寒雨，還有那晚來的寒風。人世之間也是如此的，在那蒼茫、苦短的人世之中，本來今古蒼茫的盛衰、悲慨就使人感慨、辛酸了，而人世之間又有如此之多的怨憤和悲恨，真是「怨毒常苦多」。那麼，有多少人在他的一生一世之間，能夠志得意滿？果然是如此地完美、幸福？又有多少人能夠追求到自己的理想？有多少人達成了自己的願望？有多少這樣的人物？他說我們看一看歷史上追求富貴理想的人物，他們最後落到了什麼樣的下場？他們有什麼樣的怨憤和悲恨呢？阮嗣宗就舉出兩個古人的事例，他說：「李公悲東門，蘇子狹三河。」從前有一個李公，李公就是李斯。《史記》中這樣記載著說：李斯本來是楚國上蔡地方的人，他曾經學於荀卿，拜荀卿作老師。後來，他認為楚國這個地方沒有希望，「度楚不足仕」，他自己揣度以為在楚國不值得出來仕宦，以為沒有前途。「乃說秦平六國而為相」，他就到了秦國，勸說秦王，平定了六國，於是，他就做了丞相。那麼，這樣看，李斯當時可以說是富貴到了極點了。可是，後來不久，「始皇崩」，秦始皇死了，「斯聽趙高計，矯詔殺扶蘇」。李斯聽信了趙高的計策，假傳詔命，殺死了太子扶蘇，立了秦二世胡亥。「二世立，趙高用事，與斯互忌」。可是，胡亥立了以後，趙高就掌權用事，與李斯互相猜忌。「高乃誣其子李由通盜，腰斬咸陽市，夷三族」。後來，趙高就誣陷李斯的兒子李由與盜匪有溝通，把李斯與他的兒子李由都以腰斬的刑罰殺死在咸陽市，而且夷滅了三族。三族者，應該是父族、母族、妻族。臨刑，謂其子曰：「吾欲與汝牽黃犬出上蔡東門，逐狡兔之樂，其可得乎？」當李斯臨死的時候，曾經對他的兒子說，我還想再帶著你，像你從前小的時候一樣，在我們故鄉楚國的地方，牽著一條黃狗走出楚國上蔡的東邊的城門，我們去捉野兔子，去打獵的那種快樂還能夠再得到嗎？不能再得到了！所以，我們看到李斯背井離鄉，追求功名富貴的下場是什麼？是腰斬咸陽，是夷滅三族。這是一件多麼可悲的事情啊！因此，阮嗣宗說「李公悲東門」，像當年的李斯被腰斬咸陽市的時候，曾經懷念到「牽黃犬出上蔡東門，逐狡兔之樂」的時候，有多少悲慨！他那在故鄉的生活是不可再得到了。

阮嗣宗說還有一個人就是蘇秦。他說「蘇子狹三河」。「蘇子」即蘇秦。我想大家都曉得，縱橫家裡有蘇秦和張儀的事情，他們一個主張合縱，一個主張連橫。蘇秦本來是洛陽人，洛陽就處在所謂三川之地。洛陽，「北帶黃河，南襟伊川、洛水」。在洛陽北面是黃河流經的地方，南面面對的是伊川跟洛水。所以，洛陽附近有三條河流，就是黃河、伊川、洛水，古代稱這三條河流叫「三川」，也就是所謂的「三河」。蘇秦就生在這三川之地。可是，他「以其地狹小，不足逞其志，乃遊說六國，佩其相印；後爭寵於齊，齊大夫使人刺殺之」。蘇秦以為他自己所生的這個三川的地方太狹窄了，不能夠滿足他遠大的建功立業的志願，他就離開了他的故鄉，周遊六國。後來，他果然也佩了六國的相印。本來在戰國的時候，有所謂「七雄」，即齊、楚、燕、韓、趙、魏、秦。當時是六國聯合起來抵抗秦國。蘇秦一個人遊說六國，六國都封他為宰相，佩了六國的相印。可是，後來蘇秦落到了什麼樣的下場呢？後來，他因為爭寵於齊，當他功名極其顯達的時候，就自然而然地會有一些人忌恨他，當時，齊國的一個大夫就暗中使一刺客把蘇秦殺死了。所以，阮嗣宗就用蘇秦的典故，說「蘇子狹三河」，從前的蘇秦以為他所生的三川的地方狹隘，就離開了自己的故鄉，去追求富貴名祿而落到被刺死的下場。

我們看一看人世之間那今古蒼茫的盛衰興亡，那人生的短暫無常，有多少失意，有多少悲慨，有多少互相猜忌和怨恨。像李斯落到腰斬咸陽的下場，像蘇秦落到被刺客刺死的下場，真是：「求仁自得仁，豈復歎咨嗟？」李斯、蘇秦遭到殺身的結果，是自己召來的緣故。因為李斯有一份功名利祿之心，蘇秦也有一份功名利祿之心，而功名利祿場中，人與人之間本來就是這樣互相猜疑、忌恨，他們走上了這一條功名利祿的道路，自然也就會落到這樣的下場。因此說「求仁自得仁」，自己怎樣種因就怎樣結果。你求的是什麼，當然就得到什麼了。本來這「求仁自得仁」一句話是見於《論語》。在《論語》的《述而》篇中這樣說：「子曰：『求仁而得仁，又何怨？』」當孔子的學生問孔子說，伯夷、叔齊是古代怎樣的人物呢？伯夷、叔齊兄弟二人，當周武王伐紂之後，不肯在周朝出仕，「恥食周粟」，就餓死在首陽山上。孔子的學生就問孔子說，像伯夷、叔齊落到餓死的結果，他們心裡有什麼怨恨嗎？孔子就說了：「求仁而得仁，又何怨？」孔子這句話裡所說的「仁」，是指一種品格上的高潔完美。伯夷、叔齊所追求的是一種品格上的高潔完美，他們雖然餓死在首陽山上，但他們果然保全了一份品格上的高潔完美，那他們還有什麼怨恨呢？他們無所怨恨了。阮嗣宗用「求仁自得仁」，只是斷章取義，就是求什麼得什麼的意思。那麼，伯夷、叔齊求的是品格的完美，所以，他們保全了品格的完美，但是，他們落到了被餓死的下場。餓死，就是追求品格完美的代價。李斯跟蘇秦，追求功名利祿，被殺死了，這就是追求功名利祿的代價。「豈復歎咨嗟」？他說這樣的下場哪裡還值得為他們歎息呢？「歎」是歎息之意，「咨嗟」也是歎息之意。「豈」是哪裡。「復」是還的意思。說像李斯、蘇秦這樣的人，種什麼因，結什麼果。追求功名利祿就得到殺身的結果，哪裡還有什麼可慨歎的呢？哪裡還值得歎息呢？

阮嗣宗的這首詠懷詩，除了我上面所講的字面上的解釋以外，前人對它有種種的解說，認為它有種種的寄託和涵義。陳沆在《詩比興箋》中認為，這首詩裡邊有隱含的刺譏的意思。它譏諷的是什麼人呢？是譏諷那些黨附司馬氏的人。就是說在魏晉之間，有一些人，他們黨附司馬氏父子，他們幫助司馬氏圖謀篡取曹魏天下。這樣的人是誰？陳沆說，像鍾會，像成濟等人。這些人當時貪婪地追求功名富貴，不惜做這種卑辱的侍奉奸邪的司馬氏的事情，不惜自己一生的玷辱而做依附奸逆的事情。

關於鍾會這個人，我們曾經在講阮嗣宗的生平中提到過他。嵇康之死就是因為鍾會的讒毀所致的。鍾會在當時很得司馬昭的信用，可是，鍾會後來的下場如何呢？鍾會後來被殺死了。為什麼被殺了呢？鍾會因為有功被封到鎮西將軍，也曾做過黃門侍郎。他在得意之餘，就想謀反，故而被殺死了。這是鍾會的下場。

還有一個人，就是成濟。成濟是一個什麼樣的人物呢？成濟在曹魏的時候，做過太子舍人的職務，也是黨附於司馬昭的。在司馬昭專政的當時，曹魏的君主是曹髦。曹髦知道司馬昭有篡魏的野心，很想消滅司馬昭。於是乎，有一次，曹髦就帶領一些士兵去攻打司馬昭，在作戰的時候，混亂之中，成濟因為黨附司馬昭，就向前刺死了當時曹魏的君主曹髦。歷史上記載說，成濟當時刺殺曹髦的時候，一刀就把曹髦刺穿了，「刃出於背」，刀刃從前胸穿透了後背，就這樣，曹髦被成濟刺死了。其實，把曹髦刺死是司馬昭所希望的事。可是，當成濟果然把曹髦刺死之後，司馬昭為了表示、保持他表面上的一份虛偽的仁義，他便歸罪於成濟，說成濟刺死了曹髦，這是成濟的罪過，怎麼可以把自己的君主刺死呢？成濟的行為簡直是弒君之罪了。因此，司馬昭就把成濟殺死了。成濟是為了向司馬昭討好，而結果呢？反而被司馬昭殺死了。所以，陳沆認為這首詩就是譏刺像鍾會、成濟這些人，他們只是想得到自己的一份富貴、功名、利祿，而不惜做這樣卑鄙、這樣不義的事情。而結果呢？反而被殺死了，好像李斯，好像蘇秦，追求富貴利祿的下場，結果都是不得其死的！

清朝的曾國藩解釋「求仁自得仁，豈復歎咨嗟」這兩句詩時說「猶云求禍得禍」，就是求禍得禍的意思。這種意思剛才我已經講過了，本來孔子說求仁得仁指的是伯夷、叔齊在品格上的高潔完美。可是，在這首詩中，李斯跟蘇秦當然談不上什麼仁，也談不到什麼高潔的品格了。所以，曾國藩說是「猶云求禍得禍」。也就是我所說的怎樣種因，怎樣結果：求品格完美，就要付上求品格完美的代價；求富貴利祿，就要付上追求富貴利祿的代價。求什麼就得到什麼。因此，曾國藩說：「蘇李之誅死，是自取之耳。」像蘇秦、李斯之被殺而死，這是他們自己招來的下場。像鍾會、像成濟之被殺死，也是自己招致的下場。

開秋兆涼氣

開秋兆涼氣，蟋蟀鳴床帷。
感物懷殷憂，悄悄令心悲。
多言焉所告，繁辭將訴誰？
微風吹羅袂，明月耀清暉。
晨雞鳴高樹，命駕起旋歸。

阮嗣宗的這些詠懷詩，其中有一些詩如前人所解說的那樣，有一份諷刺的用心，諷刺當時的朝廷、政壇上的某些事和某些人；還有一些詩，是阮嗣宗自己寫他內心之中的一份感慨、憂傷，並不見得確指某一個人，確指某一件事。像《開秋兆涼氣》這首詩就是如此的。

「開秋兆涼氣，蟋蟀鳴床帷。」「開秋」就是秋天剛剛開始的時候，也就是初秋、早秋。「兆」是預兆、預知。他說從秋天一開始就預兆著寒冷就要來臨了。我們在講阮嗣宗的詠懷詩第三首《嘉樹下成蹊》的時候，就曾經說過，「秋風吹飛藿，零落從此始」。我們不一定要等到草木都凋零殆盡才知道秋天來了，而從秋天一開始的時候，我們就已經體會到那一份凋零衰颯的意味了，我們已經看到那凋零衰颯的未來了。所以，阮嗣宗在這首詩開頭第一句就說從「開秋」，秋天的一開始已經預兆了，預兆了什麼？預兆那寒冷、淒涼的季節快要來了。「蟋蟀鳴床帷」，從秋天一開始，我們看到季節的轉變，聽到的是秋天的聲音，有蟋蟀在鳴叫了。蟋蟀是秋天的蟲子，其鳴聲很淒切。他說我聽到蟋蟀的悲鳴在哪裡？在床帷之下。「床帷」就是圍在床旁邊的帳幕、帷幕。為什麼說「蟋蟀鳴床帷」呢？在《詩經》的《豳風》中有一首詩中說「十月蟋蟀入我床下」（《七月》），在古人那種生活之中，到秋天的時候，常常在牆角、床下有蟋蟀的鳴叫聲。

「感物懷殷憂，悄悄令心悲。」我感到了秋天的涼氣，聽到蟋蟀的悲鳴，這一切的外物，都使我感動了，所以說「感物」。我所感受到的、所聽到的外物，使我內心油然有所感觸、感物，於是，就「懷殷憂」。「殷」是深的意思。我心裡邊就懷有這樣深沉的一份憂思了。為什麼「感物」就「懷殷憂」呢？為什麼秋天的涼氣、蟋蟀的悲鳴使阮嗣宗感觸而懷有深憂呢？那就是如《嘉樹下成蹊》一詩中所說的「秋風吹飛藿，零落從此始」，「凝霜被野草，歲暮亦云已」了。阮嗣宗從那開秋的涼氣、蟋蟀的悲鳴所感受到的不只是秋天的寒冷、蟋蟀的鳴叫而已，那是一份由盛轉衰破敗滅亡的、可怕的、可悲歎的感覺，是對當時整個的魏晉之交那一份時代的沒落、絕望、衰亡的感覺。這正如前人曾批評阮嗣宗的詠懷詩，是「言在耳目之內，情寄八荒之表」。他寫的雖然是一份人們能夠看到的、聽到的歲暮天寒的景物，其情意卻寄託對整個時代的感慨。「悄悄令心悲」，「悄悄」就是憂愁的樣子，它出於《詩經》，《詩經》的《北風・柏舟》篇上說「憂心悄悄」，阮嗣宗這句詩是說我內心真是如此深切的憂傷。

「多言焉所告，繁辭將訴誰？」這兩句詩從外表看它們的意思是很相近的。「多言」就是

「繁辭」，「焉所告」就是「將訴誰」。我有很多話要說，可是，哪一個人是我可以向他告訴的？「焉」是表示疑問的語氣詞，就是「何」的意思。「多言焉所告」，我有很多言語，誰是我能可告訴的人？「繁辭將訴誰？」我有多少詞句要向誰訴說呢？有的時候，在詩裡邊就是用這樣重疊的句子，其意思是完全相同的，而故意重疊反覆地這樣說，才能夠更感受到那一份情意的深切、動人。像初唐的一個作者盧照鄰有一首詩，裡邊有這樣兩句：「得成比目何辭死，願作鴛鴦不羨仙。」（《長安古意》）這裡的「得成比目」和「願作鴛鴦」的意思是很相似的。我們只要是真能得到這樣一個比翼雙飛的同心共鳴的知己，不辭付上任何的代價。「何辭死」跟「不羨仙」都是說我願意付上任何代價。「比目」與「鴛鴦」意思也是相同的。盧照鄰這樣重複地說，使我們更感受到他一份情意之深切。還比如，唐人元微之的詩，說：「曾經滄海難為水，除卻巫山不是雲。」（《離思·其四》）這兩句詩的意思也是重複的，意思是說，我們曾經得到過最好的東西，那麼，除此之外，再也沒有任何東西可以引起我們的愛賞，可以使我們內心得到滿足了。因為世界上只有一個最完美的，我們曾經得到過了。像這樣表達一個意思，而重複地用兩句話來說，就更表現出其感情、情意之深厚。阮嗣宗的這兩句詩，「多言焉所告，繁辭將訴誰？」只是一句還不能把他內心之中的那一份抑鬱、哀傷、寂寞寫出來，兩句才把那一份抑鬱、哀傷、寂寞的感情果然寫出來了。所以說，這兩句詩看起來是重複的，其實在情意上表達得是非常好的。他說沒有一個人可以作為訴說的對象，只有什麼？

「微風吹羅袂，明月耀清暉。」只有微風吹動了我的羅袂，只有明月在閃耀著它的清暉。

沒有一個可以傾訴的知己，不用說沒有人了解阮嗣宗內心之中的那一份悲憤、抑鬱的情懷，就算是有人了解，阮嗣宗又如何敢明言直說，明白地訴說他那一份悲慨？因為有不能說的，有不敢說的，有多少悲憤，有多少感慨無法訴說。所以，在「多言焉所告，繁辭將訴誰」之後，我得到的只有什麼？沒有共鳴，沒有知己，不敢訴說，不能訴說，無可傾訴。只有微風吹動了我的羅袂，只有明月在那裡閃耀著它的清暉。我得到的是滿衣袖的寒風。「微風吹羅袂」的「羅」本來是一種做衣服的絲織品，很輕軟，而且上面有很稀疏的孔，可以透風，也可以透明。「袂」就是衣袖。這兩句詩很像我們開頭講到的第一首詠懷詩《夜中不能寐》：「夜中不能寐，起坐彈鳴琴。薄帷鑑明月，清風吹我衿。」我有多少悲憤、多少寂寞，而我面對的只有什麼？只有吹得我滿身如此寒冷的清風，只有天上高高的孤獨的一輪明月。所以，五代時的馮正中的詞說：「波搖梅蕊當心白，風入羅衣貼體寒。」（《拋球樂・酒罷歌餘興未闌》）寫的是同樣的一份感慨。這裡，阮嗣宗說，陣陣的秋風吹透了我的羅衣，我整個的身體這樣深切地感受到了一份寒冷，那麼，只是風嗎？不是的，是那一份寒冷的感覺。只是身體所感受到的寒冷嗎？不是的，而是內心深處的寒冷。還有那「明月耀清暉」。「耀」是光耀。還有那天上的一輪明月閃耀著它那淒清的一片光芒。有的時候，人看到天上的一輪明月，那一份感懷是很難具體地述說的，而古人的詩詞裡常常寫到明月。我前面曾經引證過李太白的詩，李太白說：「舉頭望明月，低頭思故鄉」，李太白還有一首小詩說：「卻下水晶簾」，我要「玲瓏望秋月」。為什麼要看月？月亮給詩人們的是一種什麼樣的感懷？曹子建說：「明月照高樓，流光正徘徊。」（《七哀》）那是一份什麼樣的感懷？李商隱也有一首詩，他題名叫《嫦娥》。李商隱說：「嫦娥應悔偷靈藥，碧海青天夜夜心。」李太白還有一首詩，說：「明月出天山，蒼茫雲海間。」（《關山月》）那明月的一份光明，那一份皎潔，那一份孤獨，那一份寂寞，那一份徘徊，那一份徬徨，還有那一份明光，給人什麼樣的感懷？我前面也曾經引過歐陽修的一句詞，說：「寂寞起來褰繡幌，月明正在梨花上。」（《蝶戀花》）不用說天上那一輪明月讓我們看到的是無可奈何，就是地面上灑遍了的滿地月光，也讓我們無可奈何。所以，阮嗣宗說，當我滿懷「殷憂」，「悄悄」「心悲」，「多言焉所告，繁辭將訴誰」的時候，感受到的是什麼？是「微風吹羅袂，明月耀清暉」。

「晨雞鳴高樹，命駕起旋歸。」在這樣的深夜，我聽到了有一聲雞叫的聲音，是晨雞在鳴叫，在高樹之上鳴叫。我忽然間覺醒了。這個「晨雞」代表對人的一種呼喚、一次覺醒。舊說晨雞是知時者，是司晨的。「啼」就是雞啼叫。「晨雞鳴高樹」這句詩，阮嗣宗寫得很有力量，很有警惕，表示阮嗣宗的一份覺悟、一份醒覺。我為什麼這樣「悄悄」「心悲」？我為什麼這樣「感物」「殷憂」？這樣的時代、這樣的世界，我無以有為，我不能為這樣的時代、這樣的世界做任何事情，我還是回去的好，還是離開這世界這時代去隱居的好，所以，當我聽到「晨雞鳴高樹」，我忽然間覺醒了，我要「命駕起旋歸」了，我吩咐車夫歸去了。「命駕」就是吩咐車夫駕車，「旋歸」就是歸去的意思。陶淵明作《歸去來兮辭》，他生在晉宋之交的衰亂時代，他也絕望了，他也知道在那樣的時代是不可以有為了，所以，他說「歸去來兮」了：

「歸去來兮，請息交以絕遊。世與我而相違，復駕言兮焉求？」（《歸去來兮辭》）阮嗣宗同樣的一份感懷，所以，阮嗣宗說：「晨雞鳴高樹」，我也要「命駕起旋歸」了。我要尋找一個可以隱居的地方，遠遠地離開這個紛擾、雜亂、奸邪、險惡的地方。

在講這首詩之前，我曾經說過，阮嗣宗的詩有一些被後人箋注、解說，說他的這些詩指的是某一個人物、某一件事蹟。可是，也有一些詩只是寫他自己內心世界對整個人世失望的悲慨，並不是指某一個人、某一件事，像這首詩就是如此。陳沆的《詩比興箋》把這一類詩都集中起來，認為這些詩都是阮嗣宗在抒寫他自己的悲憤的情懷。那麼，這些詩說的是什麼呢？陳沆說：

> 此皆詠悲憤之懷也……觸緒抒騷，煩憂命管。畏顯題之賈禍，遂詠懷以統篇。雜沓無倫，蕭條百感，惟其譏刺之什，差有時事可尋。至其低徊胸臆，怊悵性靈，君子道消，達人情重。或采薇長往，矯首陽之思；或拔劍捐軀，奮《國殤》之志；或攬羲轡於雲漢，手無斧柯；或盼同志於天涯，目窮蒙汜。但能比類屬詞，何殊百慮一致。

陳沆認為，阮嗣宗的這些詠懷詩都是抒寫、抒發他那一份內心之中的悲憤之情懷。都是「觸緒抒騷，煩憂命管，畏顯題之賈禍，遂詠懷以統篇」。「觸緒抒騷」就是說他那種情緒隨便有所感觸，就用這樣的文字詩歌來抒寫他內心的一份憂思繁亂。「煩憂命管」的「管」就是指筆，筆管。內心有許多憂煩而拿起筆寫下詩篇。「畏顯題之賈禍，遂詠懷以統篇」。他不敢明白地說出他內心的悲憤，所以，他就統統地給它題名「詠懷」，而且，寫得很籠統，很含蓄，陳沆說，這些詠懷詩有一些作品是「雜沓無倫，蕭條百感」。你看起來真是這樣的「雜沓」，好像很雜亂，很重複，沒有什麼清楚的條理和層次，真是說不盡的內心之「蕭條百感」。真是百感交集，有多少感慨在內心之中這樣紛雜、煩亂。「惟譏刺之什，差有時事可尋」。他有一部分詠懷詩是譏刺當時的人物跟當時的事情，那種詩差不多可以有一些事蹟讓我們尋求。那麼，另外一種詩呢？「至其低徊胸臆，怊悵性靈，君子道消，達人情重」。有一些詩是「低徊胸臆」，它真是滿懷的哀感、悲憤，這樣的低徊、婉轉，真是滿懷惆悵地感慨到當時的「君子道消，達人情重」。那一份失望，那一份感情。所以，「或采薇長往，矯首陽之思；或拔劍捐軀，奮《國殤》之志；或攬羲轡於雲漢，手無斧柯；或盼同志於天涯，目窮蒙汜」。有的時候，我是「采薇長往」，我要像伯夷、叔齊一樣，「登彼西山兮，采其薇矣」。永遠地離開塵世，懷念首陽山上的隱居生活。有的時候，又拔劍捐軀，這樣的慷慨、激昂，真是想有所作為，像《國殤》所寫的願意犧牲，願意有所建樹。有的時候，真是像天上駕著太陽的羲和，「攬羲轡於雲漢」。有的時候，真是希望找到一個同伴，「盼同志於天涯」。陳沆說，像這樣的作品，真是「比類屬詞，何殊百慮一致」。他按照他自己的一份感情，而運用一些比興的詞句，把那些同類的，與他內心的情意相近似的內容表現出來。比如說，想要隱居悵惘的時候，就用隱居悵惘的典故和詞句；而要表現慷慨激昂的時候，就用慷慨激昂的典故和詞句。他是配合自己內心的情意來寫他的詩歌。真是這樣的紛紜雜沓。雖然是「百慮」，可是

「一致」，他內心的那一份動機，那一份原來的、最基本的感情是相同的，就是他那一份仁人志士的悲憤是相同的。他那種慷慨激昂跟他那消極隱居是同一份的仁人志士的悲哀和用心，像《開秋兆涼氣》這一首詠懷詩就是這一類的作品。

平生少年時

平生少年時，輕薄好絃歌。
西遊咸陽中，趙李相經過。
娛樂未終極，白日忽蹉跎。
驅馬復來歸，反顧望三河。
黃金百溢盡，資用常苦多。
北臨太行道，失路將如何？

阮嗣宗的這第八首詠懷詩寫的是一份什麼樣的涵義呢？根據陳沆的《詩比興箋》的說法，認為這首詩是從曹魏的興盛時代說起，到「白日忽蹉跎」是寫曹魏的魏明帝之死亡，而「反顧望三河」是寫對王室的懷念。「北臨太行道」是寫太行道險，比喻仕途的艱險，不可失足。陳沆認為，阮嗣宗的這首詩是有很深的寄託涵義的。現在，我們先把陳沆關於這首詩的解說放下，還是先從字義上來看這首詩。

「平生少年時，輕薄好絃歌。」有一個人，當他生平年少的時候，他還不知道、不了解仕途的艱難、險惡，不知道人世的憂傷，而只知道享樂。他是這樣的「輕薄」。「輕薄」的意思是指少年人那種輕浮舉動之率意、浮誇、輕薄，也就是說這個少年人沒有比較深的思慮，沒有比較深的認識，對人生認識很膚淺，舉動也很輕率。這正是少年人的特徵。那麼，少年人是這樣的膚淺，這樣的輕率，喜歡什麼呢？只喜歡歌舞，只喜歡享樂，「輕薄好絃歌」，「絃歌」是管絃歌舞。

「西遊咸陽中，趙李相經過。」平生少年的時候，不僅是「好絃歌」，而且還喜歡到那繁華的大城市中去。「西遊咸陽中」，向西去遊歷咸陽城。咸陽，是從前秦的都城。咸陽故城的城址在現在陝西咸陽縣的東邊。這句詩中所說的「咸陽」，只是一個代名詞，不是真指陝西的那個咸陽，而是一個比喻，比喻當時曹魏的都城——洛陽。不僅是到京城中去遊覽，而且，還交了許多朋友。交了什麼樣的朋友呢？「趙李相經過」，就是和趙李這樣的人物互相來往、互相拜訪。「趙李」是代表什麼樣的人物呢？《漢書》卷八十五的《谷永傳》說：「成帝……數為微行，多近幸小臣，趙李從微賤專寵……。」當時有兩個小臣，一個姓趙，一個姓李，即趙季、李款。他們曾經跟漢成帝一同微服私行，到外邊去遊歷。「趙李」所代表的是那些豪俠少年、貴姓之人。「經過」就是互相來往、拜訪的意思。你到我這裡來，我到你那裡去，這叫互相經過。「過」字讀平聲。

這樣的少年生活，只知道享樂，能夠長久嗎？不能夠。所以，「娛樂未終極，白日忽蹉跎」。當我們少年的那種歡娛、享樂好像還沒有「終極」，「終極」就是到極點，還沒有盡興，還沒有達到極點，還沒有享樂夠的時候，而轉眼之間就遲暮了，轉眼之間那時代也衰落了。所以是「娛樂未終極」，就「白日忽蹉跎」。「白日」就是太陽。「忽」就是很快地，很匆促地。「蹉跎」是失時，隨隨便便地就把光陰給消磨了。你看那天上一輪光明的太陽很匆促地就「蹉跎」了，我們很快地就把青春的光陰給消磨了、浪費了，轉眼之間就遲暮了。從前，唐朝的陳子昂寫過一首《感遇》詩，裡邊有這樣的句子：

蘭若生春夏，芊蔚何青青！
幽獨空林色，朱蕤冒紫莖。
遲遲白日晚，裊裊秋風生。
歲華盡搖落，芳意竟何成？

陳子昂的這首詠懷詩也是寫生命的短促。他把蘭花、杜若當作比喻，這些蘭卉、杜若芬芳的香草，它生長在春夏的季節，「芊蔚何青青」！像蘭花、杜若這樣美麗的花草，在春夏生長起來的時候，真是「芊蔚」，真是很茂盛的樣子。「何青青」是說盛多。它們的花葉是多麼繁茂、多麼美盛啊！雖然蘭若在春夏是這樣的美好，可是，轉眼之間，「遲遲白日晚」，那天上的太陽已經西斜了，我們常說春日遲遲，好像覺得春天的一天很長，可是，當你發現到了黃昏的時候，那太陽就已經西斜了。已經到了傍晚的黃昏了。「裊裊秋風生」，那淒涼的秋風就吹起來了，而草木呢？當然也就都開始凋零了。那春天的「芊蔚青青」，到現在就搖落、凋零了。在我們中國的詩歌當中，說到太陽，就常常用「白日」來形容，把「白日晚」就代表人生的暮年，人生的短促。所以，陳子昂說「遲遲白日晚」。而阮嗣宗在這首詩裡說的是「白日忽蹉跎」，你也許覺得天上那遲遲的白日真是為時方長的樣子，早晨的時候，你覺得這一天的日子還很長呢，可是，等到黃昏的時候，你抬頭一看，原來那落日已經西斜了。所以，當你「娛樂未終極」的時候，你忽然間發現，生命已經是這樣的衰老，人生是這樣的短暫，忽然間就蹉跎了，美好的光陰、大好的時機都蹉跎、消失了。於是：

「驅馬復來歸，反顧望三河。」這個時候，我才發現，我以前的那些行為是多麼幼稚，以前走的路完全錯了。因此，我現在要騎著馬回去，「驅馬復來歸」，「復」就是「還是」的意思。「歸」者，就是歸來。當我趕著馬回去的時候，就「反顧望三河」，回頭看一看「三河」的地方。「三河」指的就是我們在講到阮嗣宗的第六首詠懷詩中「李公悲東門，蘇子狹三河」的「三河」，即黃河、伊川、洛水三河之地。當時，曹魏的都城是洛陽。洛陽正是北帶黃河，南近伊川、洛水，正是三河之地。所以，「三河」指的正是曹魏的都城所在的地方。由此我們就更可以證明，這首詩「西遊咸陽中」所指的「咸陽」並非是真指陝西的咸陽，而只是代表一個國家的都城。這就正如同這一句所說的「三河」，指的是當日的都城之所在。阮嗣宗前面所說的「西遊」「咸陽」，後面所說的「反顧」「三河」是什麼意思呢？我們說「三河」是在河南，「咸陽」是在陝西，他怎麼離開陝西的咸陽，回頭看見的是河南的三河之地呢？他所說的咸陽並不是真的咸陽，而是一個都城的代表。「三河」恰好是當時真正的都城洛陽。其實，我們也不必這樣確指，「三河」也可以說是代表一個繁華、富庶的地方。他說我要離開我少年娛樂、「輕薄」、「絃歌」的地方，我要「驅馬復來歸」，我要回去了，我要回頭看一看當年我所遊歷的繁華、富庶的「三河」之地，這時，我想到的是什麼呢？

「黃金百鎰盡，資用常苦多。」我在想我的當年，我在想「咸陽」，我在想「三河」，我在這繁華、富庶的都城，曾經沉醉在「絃歌」的快樂、享受之中，我浪費了多少資財呢？「黃金百鎰盡」，「鎰」是指黃金的數量。古人所說的「鎰」，一般是指二十四兩。此外，還有多種不同的說法。這裡所說的「百鎰」，不過是言其多而已。他說「百鎰」的黃金，數千兩的黃金，轉眼都被我浪費掉了，花光了。「資用常苦多」，「資用」就是資財，用費。我平生少年時所過的生活，所用的資財，我現在才發現，真是太浪費了，常常苦於浪費的太多了。真是耗費了多少金錢，現在我才覺悟，可是，時間已經晚了，已經是「白日忽蹉跎」了。因此他說：

「北臨太行道，失路將如何？」我以前年少時的生命路程走錯了，走向那輕薄、絃歌的娛樂享受的路途，浪費了多少資財，浪費了多少時間，也就是浪費了多少生命。等到有一天，當白日蹉跎之時覺悟了，要走一條正當的路，選擇一條你認為是美好的路。選擇一條什麼樣的路呢？「北臨太行道」，「太行」指的就是大路，「太」字就有大的意思，可當做大講。而我們中國有一座山，也叫太行山。但是，阮嗣宗在這裡所說的「太行」不一定指的是太行山。實際我們就可以把它講成大路就是了。那麼，「北臨太行道，失路將如何」？這兩句詩，說的是有多少人就在旅途的大路的路口上迷失了方向，不知道選擇哪一條路。這兩句詩還有一個典故的出處，見於《戰國策》的《魏策・魏王欲攻邯鄲》。《戰國策》上記載著季良諫魏王的一段喻言，說：

今者臣來，見人於大行，方北面而持其駕，告臣曰：「我欲之楚。」臣曰：「君之楚，將奚為北面。」曰：「吾馬良。」臣曰：「馬雖良，此非楚之路也。」曰：「吾用多。」臣曰：「用雖多，此非楚之路也。」曰：「吾御者善。」此數者愈善，而離楚愈遠耳。

根據《戰國策》的記載，說魏王想要去攻打趙國的邯鄲。邯鄲是趙國的都城。當時，有一個魏國的臣子，名字叫季良。當季良聽說魏王要去攻打邯鄲，他就趕回來見魏王，勸諫魏王不要出兵去攻打邯鄲。他對魏王這樣說：「今者臣來，見人於大行。」我這次回來的時候，在大路上看見一個人。「方北面而持其駕」。「駕」指車馬的轡轡。他面向北手中握著馬車的轡轡。「北面」者，就是面向北。歷史上說，皇帝是南面而坐，臣子是北面而朝。這裡的南面、北面就是面向南、面向北的意思。「告臣曰：『吾欲之楚。』」那個人對我說：「我要到楚國去。」楚國是在南方，而他現在的車是面向北的。所以，我就問他說：「君之楚，將奚為北面？」你要想到楚國去，為什麼面向北呢？他說：「吾馬良。」因為我的馬好。於是，我就說：「馬雖良，此非楚之路也。」你的馬雖然好，但是，這個方向不是向楚國去的方向，不是向楚國去的道路。那個人又說了，「吾用多」。我的財用多。「用雖多，此非楚之路也。」雖然是你的財用多，但這不是去楚國的道路。「吾御者善」。我駕車的人技術很好。「此數者愈善，而離楚愈遠耳」。這幾個條件越好，離楚國反而越遠了。為什麼呢？因為楚國是在南方，而他是面向北方的。所以，他的馬跑得越快，駕御的技術越好，反而向北方走得越遠，而離楚國就更遠了。這裡是說一個人走錯了道路，選錯了方向。所以說，在大路上，選擇路的方向是不可不謹慎的。阮嗣宗說「北臨太行道」，就如同《戰國策》上所說的那個人一樣，要往楚國去，而他在大路上卻是面向著北方的路，在大路上，他是「北臨」，「北臨」就是北面，面向北。這樣的選擇，這樣的方向，「失路將如何」？你走錯了路以後，將要怎麼辦呢？你如果走錯了路，是永遠不會回轉來的。你向北方走得越久，離南方就越遙遠了。因此，阮嗣宗說：「北臨太行道，失路將如何？」

這一首詩，阮嗣宗是寫人生的短暫、無常，以及人生要走的那一條路的選擇之艱難。那麼，我們每一個人都面臨著同樣的選擇，我們應該選擇哪一條路呢？

關於阮嗣宗的生平，歷史上記載著許多故事，我也曾經講過他的一件事，就是阮嗣宗窮途慟哭的故事。阮嗣宗常常駕著車出去遊歷，他沒有一定的目的和方向，任憑著車馬之所之，等到走至一條窮途的路上而沒有路可走了，阮嗣宗就放聲慟哭。阮嗣宗為什麼如此呢？難道只是因為他選擇的路走不通了，他就放聲慟哭嗎？只是因為當時那眼前的現實的道路走不通嗎？他為什麼不走一條有目的、有方向的道路呢？走錯了一條路，為什麼不倒回去，倒退到另外一條路上去呢？阮嗣宗所慟哭的不只是眼前的這一條道路的選擇錯了，而是整個人生的道路和方向的選擇。因為人生是短暫的，一失足成千古恨，你一條路走錯了，以後再想轉回來還可能嗎？你終生都不能轉回來了。不是說你自己肯不肯轉回來，而是說你所擁有的光陰、壽命還允許不允許你轉回來。再有，你以前所走錯的路、所造成的社會上對你的衡量，你所留下來的那些事蹟，還能不能洗刷得掉，還能不能給你這種寬容的時間，讓你再倒轉回去，而重新另外走起呢？這是人生極為重要的一個問題！是極其應該注意選擇的一個問題！所以，阮嗣宗在這首詩中對人生的感慨實在是很深的。

當然，一般地說，我們如果生活在治平的盛世，這條路就比較容易選擇了，我們只要這樣很正常地生活就是了。可是，有的時候，像阮嗣宗所在的那個年代，那個衰亂之世，如果是想要保全生命的人，就不得不委屈地苟合於當時的一些權奸人物。你如果不苟合當時的權奸人物，就不能夠保全自己的生命。這是多麼使人徘徊、徬徨的一個時代啊！所以，阮嗣宗窮途慟哭。他說「北臨太行道」，真是「失路將如何」？

我現在所講的這首詩，只是按我們一般人讀這首詩從字面上的感受來講的。那麼，陳沆的《詩比興箋》把阮嗣宗的每一首詠懷詩都作了解釋，說它有一種諷託的深意。所謂諷託的深意大半都是指當時曹魏的朝廷和司馬氏父子。對這首詩，陳沆也有他的說法。《詩比興箋》中是這樣說的：

> 前四句述魏盛時。白日忽蹉跎，明帝崩也。望三河，寄懷周室也。太行道險，不可失足。天下勢重，不可失權。財用雖多，而易盡者，失路故也。國勢雖強，而易去者，失權故也。借己以喻國，故知窮途之哭，非關感遇矣。

陳沆認為「前四句述魏盛時」。認為這首詩，不是阮嗣宗比喻一個人的人生，也不是阮嗣宗的自我比喻，而是阮嗣宗指曹魏的那一個朝代。他認為，這首詩的前四句：「平生少年時，輕薄好絃歌。西遊咸陽中，趙李相經過。」它是指的曹魏的興盛時代。陳沆的這種說法當然也很有他的見地。雖然他並沒有更詳細地說明為什麼這樣說，可是，我這樣想，因為我剛才講過，所謂「趙李相經過」，「趙李」指的是趙季、李款。趙季和李款曾經陪著漢成帝微服私行，出去遊歷。他們所陪伴的是皇帝，所以說，與趙季、李款往來的人應該是朝廷上的權貴。因此，未始沒有這種涵義的可能，他所用的典故可以令人有此聯想。

我還要順便說明一點，就是關於「趙李」這兩個人，本來還有另外一種說法。《昭明文選》選了阮嗣宗的詠懷詩。《昭明文選》「五臣」的注本把「趙李相經過」的「趙李」解釋為指趙飛燕和李夫人。趙飛燕是漢成帝非常寵愛的一個妃子，李夫人是漢武帝所寵愛的一個妃子。她們當然也是皇帝所愛幸的人。不過只是說，如果是以一個妃子的地位，就不應該說「經過」。「經過」是指一般人的往來，而如果已經有夫妻之間的關係了，是一個皇帝與他妃嬪之間的關係，那不能說「經過」。所以，有人說這「趙李」不是趙飛燕和李夫人，是趙季和李款兩個幸臣陪侍漢成帝微服私遊。總而言之，不管是趙飛燕和李夫人，還是趙季和李款，都是與皇帝君主往來的人物，有關係的人物。可見，陳沆認為他說的是曹魏的魏明帝也未始沒有他的原因。陳沆說「白日忽蹉跎」是指魏明帝的死亡，「反顧望三河」是「寄懷周室」的意思。因為東周的都城也是在洛陽，就是寄懷故國、故都的意思。「寄懷周室」其實不僅是周室，是對自己故國、故都的懷念。雖然曹魏當時還沒有亡，司馬氏還沒有行篡魏之逆，可是「寄懷周室」就是一份對國家衰亡的感慨。陳沆又說：「太行道險，不可失足。天下勢重，不可失權」。按照陳沆的箋注，認為太行的道路很危險。那麼，「太行」指的就是太行山了。上面我說過了，「太行」可以解作一般的大路，而有一個山的名字恰好也叫太行山。因為《戰國策》中的《魏策》有這麼一個典故，所以，「太行」一般說起來是指一個危險的地方。陳沆說太行山的道路很危險，一失足就會跌下萬丈的深淵。這好比一個朝廷、一個國家，天下的形勢是很重要的，如果一旦失去權勢，就會被下邊的臣子所篡權了。就如同李太白所說的：「君失臣兮龍為魚」（《遠別離》），如果國君失去他自己的權勢，就好像一條龍變成一條魚了，他就沒有地位、沒有能力了，就有危亡的災禍了。因此說，阮嗣宗所指的是曹魏的危亡。「財用雖多，而易盡者，失路故也」。你的資財雖然很多，然而也是非常容易花光的，因為你走的路與你要去的地方是相反的方向，所以，有多少錢財也會用盡的，就是因為你走的路是錯誤的緣故。「國勢雖強，而易去者，失權故也」。一個國家的勢力雖然很強盛，很強大，然而，也是非常容易衰亡的，因為國君一旦失去了他自己的權力、權勢，國家就會被他人所篡奪。「借己以喻國，故知窮途之哭，非關感遇矣」。憑著自己的感受來比喻國家的悲慨，我們便可知道阮嗣宗為什麼會窮途而慟哭的真正原因了，他窮途慟哭的原因並不只是因為自己那眼前的一份感受，而是對國家前途命運所發出的一份悲慨。

昔聞東陵瓜

昔聞東陵瓜，近在青門外。
連畛距阡陌，子母相拘帶。
五色曜朝日，嘉賓四面會。
膏火自煎熬，多財為患害。
布衣可終身，寵祿豈足賴？

阮嗣宗的每一首詠懷詩，正如前人所批評的那樣「興寄無端」，真是有多少感慨，有多少寄託！而且「反覆零亂」。他自己的種種感情，也許在這首詩中表現過，在以前的那首詩中也表現過，他重複再寫，而每一首詩都有其很深的涵義。有的時候，他在詩裡暗中諷喻的是朝廷、國家的事情；也有的時候，在一些詩中，他所寄託的只是自己的感慨和志意：真可謂「反覆零亂，興寄無端」。

我們在講阮嗣宗的第八首詠懷詩《平生少年時》時，曾經說過，在這一首詩中阮嗣宗所寫是一個人對人生的迷失、徬徨。他說過去的路走錯了，現在要有一個新的選擇。因此為迷失、徬徨而悔恨、悲哀、感慨。如果我們對這首詩這樣認識、解釋也是很好的。如果我們按照陳沆在《詩比興箋》中對這首詩的解釋，把它看作是感慨曹魏的那一個時代的危亡，當然也是可以的。這正是阮嗣宗詠懷詩的好處。

因為，阮嗣宗的詠懷詩確實是可以讓人深求的，從中可以看出有更深的涵義。在中國詩歌史上，有一些詩人，他的詩是比較淺薄的，儘管他外表的詞彙很華美，但是不耐尋味，不可深求。你要深思、細想，就沒有餘味了。而阮嗣宗的詩是非常耐人尋味的。你可以有這樣的感受，也可以有那樣的感受；可以說是個人的感慨，也可以說是一份對國家命運的感慨。

例如，像《平生少年時》一首中所說的「趙李相經過」，有人認為「趙李」是指趙飛燕和李夫人，有人說是趙季和李款；「北臨太行道」的「太行」，有人說是指大路，有人認為是指太行山。雖然是後人的注解有種種不同的說法，但是，這種種的差別竟然並不妨礙阮嗣宗在詩中所寄託的深意。因為不管他說的是趙飛燕、李夫人，還是趙季、李款，他那一份寄託的深意都是相同的，都是指那種遊樂的生活，那種貪圖享樂的生活。那麼，如果說君王之寵愛趙飛燕，之寵愛李夫人，對成帝一類人來說當然是一種享樂了，他們耽溺於享樂；如果說指的是趙季跟李款，那麼，就是成帝所寵幸的侍從之臣，也是耽溺於享樂的生活。因此，雖然是有不同的注釋，而對於阮嗣宗的含意實在沒有影響。對於「太行」的解釋也是如此：說它是大路也好，說它是高山也好，總而言之，那一份迷失的悲哀是不會變的，那一份不知所從的迷路的悲哀是相同的。所以說，雖然有不同的注解，但是，對阮嗣宗詩歌的價值沒有絲毫的影響。

現在，我們來看阮嗣宗的第九首詠懷詩。我們還是先從字面上講解，然後，再看它所寄託的意思。

「昔聞東陵瓜，近在青門外。」阮嗣宗說，我從前曾經聽說有東陵瓜的這樣一段故事。什麼是東陵瓜的故事呢？這個故事見於《史記》的《蕭相國世家》就是蕭何的世家。《史記》中這樣記載著：

> 召平者，故秦東陵侯。秦破，為布衣，貧，種瓜於長安城東，瓜美，故世俗謂之「東陵瓜」，從召平以為名也。

召平這個人原來在秦朝的時候，曾經被封作東陵侯。因後來秦朝滅亡了，於是，召平就淪落成布衣的平民了。天下很多富貴貧賤往往就是這樣不可把握，循環起伏，像歷朝歷代的盛衰興亡往往都是如此的。秦朝在的時候，召平就是東陵侯，而秦亡了，他也就成為布衣了。既然是成為一個布衣的平民了，也就「貧」了，他的生活就很窮苦了。他失去了過去做侯爵的那種地位和資財，窮苦到無以為生的地步，就種瓜於長安城東，以種瓜來維持生活。在什麼地方種瓜呢？就種瓜在長安城的東門之外。由於他種瓜種得很好，瓜的味道很美，很好吃，而且，顏色也特別美麗，據說召平種出來的瓜是五色的瓜，所以，非常出名。當時的人把他種出來的瓜叫做「東陵瓜」。說原來的東陵侯現在種瓜，他由舊日富貴的東陵侯而成為現在貧賤的種瓜人了，他種出來的瓜就稱為「東陵瓜」。阮嗣宗說「昔聞東陵瓜」，他說我從前聽說這麼一段故事，從前秦朝的東陵侯，當秦滅亡後，淪落成布衣，在長安城東種瓜了。「近在青門外」，東陵瓜是在什麼地方種的？就在很近的地方，就在青門的外面。「青門」，古代長安城一個城門的名字。根據《三輔黃圖》的記載：

長安城東出，南頭一門曰霸城門，民見門色青，名曰青城門，或曰青門。

在長安城東面靠南頭的一個城門叫霸城門，人們看見這個城門的顏色是青色的，所以就把這個城門叫「青城門」，簡稱為「青門」。召平種東陵瓜就在青門的外面。他種的瓜怎麼樣呢？

「連軫距阡陌，子母相拘帶。」「連畛距阡陌」的「畛」是指田界，一壟一壟的田地的界限。「距阡陌」的「距」，就是至，達到的意思。如果說到什麼地方，就是至什麼地方。《書經》的《益稷》篇曾經有這樣一句話：「予決九川距四海。」這裡的「決」是開通、開導、疏導的意思，「決九川」就是疏導這九川河流的水流到四海去，要治理這天下洪水的氾濫。「距四海」就是讓水流到四海之中去，這裡的「距」就是至、到達的意思。「阡陌」是指田地之間來往的道路。有人說，東西的路叫「阡」，南北的路叫「陌」。可是，由於各地方的方言不同，也有人管南北的路叫「阡」，東西的路叫「陌」。不過一般地來說，還是以東西為「阡」，南北為「陌」的說法比較常見。「連軫距阡陌」是說東陵侯所種的瓜真是很多很多的，一壟接著一壟，一片地接著一片地，相連不斷，一直到路邊。而且，瓜結得很多、很盛。這裡的上一句是說種瓜的土地之廣，下一句是說瓜結出來的很多，是「子母相拘帶」。「子」本來是說結出的果子、種子，這裡是指瓜。「母」是說結子的母體。對瓜來說，母就是指蔓（ㄇㄢˋ）生的瓜蔓（ㄨㄢˋ），就是瓜的藤蔓。那個瓜不是結在藤蔓上邊嗎？所以說，瓜是「子」，結瓜的藤蔓就是「母」。「拘帶」的意思是互相連綴、互相結合在一起。當然，每個瓜都是連綴在瓜蔓之上的，都是連綴在藤蔓之上的，所以，看上去那一大片瓜田，真是「連畛距阡陌」，一片地接著一片地，直到路邊，而瓜田裡面的瓜「子母相拘帶」，每個藤蔓上有很多瓜互相連接，「相拘帶」，像互相牽連鉤拉著的樣子。瓜是這樣的多，瓜田是這樣的廣。

「五色曜朝日，嘉賓四面會。」我剛才說過，相傳當年召平種出來的瓜有五種顏色。其光曜日，當太陽照在這一片瓜田上邊的時候，各種不同的瓜有各種不同的顏色，這種不同的顏色、光彩耀映在早晨的日光之中。「嘉賓四面會」，有多少來吃瓜的人相聚會在這裡。「嘉賓」就是指召平之瓜客，來買他的瓜，來吃他的瓜的瓜客。有多少美好的賓客來到他的瓜田裡，他們「四面會」，從四面八方聚會到這裡來。可見，召平雖然是貧賤了，失去了從前秦朝東陵侯的爵位，然而，現在他種瓜的生活不是也很美好嗎？真是一分勞力，一分收穫。陶淵明的《歸園田居》詩曾經說過「桑麻日已長，我土日已廣」，我親手栽種出來的這些作物，長得這樣美好，這是多麼值得我欣喜的一件事情。雖然沒有當年的那種權勢、爵位，但是，我以自己的勞力換取自己的收穫，而且，我親眼看到我的勞力收穫是如此之美好，這是人生一種多麼值得欣喜的境界。召平雖然是從王侯地位淪為一個種瓜的平民，但他平民的生活，自己用勞力換來的生活不是也很好嗎？因此，這首詩後面的四句就反過來說了：

「膏火自煎熬，多財為患害。」一般人都是追求名利、祿位，但是，追求名利、祿位的結果是什麼呢？我們前面曾經講過《登高臨四野》那首詩，在那首詩中提到兩個人，說「李公悲東門，蘇子狹三河」。李斯想要追求名利、祿位，落到腰斬咸陽的下場；蘇秦想要追求名利、祿位，落到被刺客刺死的下場。所以，追求什麼利祿，結果被什麼利祿所陷害。這種因果之間的關係就像什麼？阮嗣宗說就像「膏火自煎熬」。就像「膏火」一樣，自己「煎熬」自己。「膏」是油，膏油，「火」是點燃的火，燈火。什麼是「膏火自煎熬」呢？因為以油燃火，因火熬油。有油才能點燃火，而火可以把油給熬盡了，這樣油燃火，火熬油，故稱「膏火自煎熬」。《莊子》的《人間世》篇中說「膏火自煎也」，比喻自尋苦楚。一個人追求利祿，反而被利祿所陷害。真是「求仁自得仁」，「膏火自煎熬」。自己找來的禍害，自己自相煎熬。在阮嗣宗看來，世上一般追求利祿的人，他們都是像「膏火」一樣自己煎熬——一方面自己追求利祿，一方面自己被利祿煎熬。

「多財為患害」，有的時候，有一些人自己求富貴，反而造成了自己的禍患和災害。因此，「多財」一向是成為患害的原因。像李斯，像蘇秦追求富貴的下場就是如此。像晉朝一個有名的富翁石崇，石崇的下場是被殺死了。可見，富與貴反而會給人帶來災害的，所以，阮嗣宗說「多財為患害」。因為名利之所在，是眾人之所爭的。不管是你怎麼樣得到的名利，不管你求得的方法是正當的，是不正當的；是有心的，還是無心的，有時都會招致別人的危害，四周圍的種種的猜疑、忌恨就很多了。總而言之，像唐人的詩所說的「美服患人指，高明逼神惡」，這是唐朝陳子昂《感遇》詩裡邊的兩句。陳子昂說「美服」就「患人指」。你穿的衣服太美了，你就要擔心別人對你指點、對你注意。如果你穿的衣服是很平常的樣子，就沒有人批評、指點你了。可是，你穿的衣服特別鮮豔奪目，批評、指點、挑毛病的人就多起來了。所以說，「美服」就應該「患」，憂慮、擔心別人的指點。「高明逼神惡」，如果一個人太好了，太高明了，不用說人忌恨他，就連鬼神都要使他走向下坡之路的，所以說「高明之家鬼瞰其室」（揚雄《解嘲》）。因此，阮嗣宗在這裡說「膏火自煎熬，多財為患害」。可見，追求錢財、利祿的結果，常常得到的是煩惱和災害。於是，阮嗣宗說：

「布衣可終身，寵祿豈足賴？」看起來，一個人何必去追求那些富貴和利祿，我們只做一介的布衣平民，就可以終身了。「終身」者，自可以度過我這一生。我真是如此之甘心，如此之安心，以布衣平民的身分度過我這一生，這是多麼平安的一生，「布衣可終身」。他說「寵祿豈足賴？」得到貴寵，得到祿位，這些貴寵和祿位哪裡是你值得依靠、值得依賴的呢？像東陵侯在秦朝的時候是一個侯爵，可是，秦朝滅亡了，他馬上就失去了侯爵的地位，而成為布衣的平民了。這種富貴利祿的轉變，尤其是在當時，在那種帝王的時候，有多少人因為換了一個朝代，而整個朝堂上的那些人物就隨之都換了。所以，我們中國有一句俗語，說「一朝天子一朝臣」。這個天子他用他一批親信的人，另一個天子換上來了，就用另一批他自己所親信的人。不用說一個朝代果然危亡了，像曹魏被司馬氏的晉所篡了，這種朝代的更迭姑且不說，就是一個朝代之中，當每一個君主更換的時候，也是如此的。比如說唐朝很有名的幾個文學家、詩人，像柳子厚、劉禹錫，他們都曾被貶官很長的時間。他們為什麼被貶官呢？就因為在唐順宗的時候，王叔文一類人任用他們，然而，順宗在位的時間很短，轉眼順宗就死了，憲宗就繼位了。憲宗繼位以後，就把從前順宗當朝時所任用的臣子都遷貶了，另外用了一批新的人物。很多一朝天子換的時候，甚至是父親死了，換了兒子繼位，兒子就把他父親的舊臣都罷免，另外用他自己的一批新人。所以說，「寵祿豈足賴？」在阮嗣宗那個時代來說，他所看到的是帝王的時代，在那種時代之中，你在這個朝代是得意的，到另一個朝代中也許就不見得會得意了，反而會遭到不幸。因此，一時得「寵」，得到朝廷君主的寵幸，這種寵幸和利祿哪裡是值得依靠的？你認為你所依靠的是一個什麼可以永久不變的靠山嗎？冰山永遠不倒，天下沒有這樣的事。所以，阮嗣宗說，不如安分守己，用自己的勞力換取自己的生活，「布衣可終身，寵祿豈足賴」？

以上是我們對阮嗣宗的這首詩從外表上來解釋，就是寫人世的一些盛衰、貧賤、富貴之無常，而那些利祿又不足以依賴，還不如自己以勞力換取自己的生活，而過一種布衣的生活更安心。至於陳沆的《詩比興箋》，他認為這首詩裡邊還有其他的涵義。陳沆總是說阮嗣宗的詠懷詩還有另外的寄託的深意。有的時候，阮嗣宗所諷喻的是曹魏；有的時候，阮嗣宗所諷喻的是司馬氏。這首詩阮嗣宗諷喻的是誰呢？諷喻的是當時一些黨附司馬氏的人。我記得，我前面曾經講過，像鍾會等人當時雖然是依附司馬氏，可是，後來並沒有得到好的下場。還有另外一個人是成濟，成濟這個人曾經刺死了魏主曹髦。他本來做魏太子的舍人，黨附於司馬昭。有一次曹髦率領卒眾去攻打司馬昭，成濟就向前殺死了魏主曹髦。後來呢？司馬昭反而把他做了代罪的羔羊，歸罪於成濟，把他殺死了，結果反而他自己遭到了殺身之禍。像鍾會、成濟這些人的結果，還不如做一個種瓜的平民，可以過更安定的生活。陳沆認為，這首詩與「李公悲東門，蘇子狹三河」「求仁自得仁，豈復歎咨嗟」以及後面我們將要講到的「如何當路子，磬折忘所歸」「膏火自煎熬，多財為患害」等這些句子，其諷刺的意思都是互相近似的。就是說，追求權勢、祿位的結果，並沒有幸福、美好的下場。「多財」往往會招致禍害，富貴名利常常會導致別人的猜疑、忌恨。何況有一些人，他們追求富貴利祿還是用不正當的手段，像鍾會這些人，其結果落到了不幸的下場，真是「求仁自得仁」。還不如過一個安貧樂道的布衣生活，反而可以終身保全自己的安全了。

步出上東門

步出上東門，北望首陽岑。
下有采薇士，上有嘉樹林。
良辰在何許？凝霜霑衣襟。
寒風振山岡，玄雲起重陰。
鳴雁飛南征，鶗鴂發哀音。
素質遊商聲，悽愴傷我心。

阮嗣宗的這第十首詠懷詩，我們從外表上看，阮嗣宗所寫的是對於當時的時勢，那種衰亡、頹敗的種種現象的一種悲慨。他說：

「步出上東門，北望首陽岑。」我散步走出了上東門。「上東門」是一個城門的名字。根據《後漢書》的《百官志》記載：「洛陽城十二門，一曰上東門。」洛陽城有十二個城門，其中的一個就叫上東門。洛陽城的四面都有城門，每一面有三個城門，三四一十二，所以說共有十二個城門。那麼，上東門在哪一個方向呢？根據《河南郡圖經》的記載：「東有三門，最北頭曰上東門。」說洛陽城東面有三個城門，最靠近北面的一個門，就是在東方最靠近北面的門叫做「上東門」。阮嗣宗說，我散步走出了上東門的城門之外，「北望首陽岑」。就向北看到了首陽山的山峰。小而高的山叫「岑」。「首陽」是一座山的名字。根據《昭明文選》李善的注解引《河南郡境界簿》曰：「城東北十里首陽山上有首陽祠一所。」說在洛陽城東北十里遠的地方，有一座山就叫首陽山。首陽山上有一座祠堂就叫首陽祠。如此看來，阮嗣宗所說「北望首陽岑」就應該指的是洛陽城東北面的首陽山，這與上一句的「步出上東門」所說的方位恰好是相符合的。我在這裡為什麼要特別說明這座山是洛陽城東北面的首陽山呢？因為關於首陽山的方位歷史上還有其他的記載。

關於首陽山的故事，曾經有一段歷史的傳說，這是大家都知道的。從前，伯夷、叔齊身當商周之際。當時，武王伐紂之後，伯夷、叔齊「義不食周粟」，就隱居在首陽山上，「采薇而食」。阮嗣宗說「步出上東門，北望首陽岑」，他就想到當年在首陽山隱居的高士伯夷、叔齊了。因此：

「下有采薇士，上有嘉樹林。」他說，在這座首陽山的山下，應該住有一些采薇的高士。「薇」是一種野草。根據陸璣的《毛詩草木疏》的記載：

薇，山茶也，莖葉皆似小豆，蔓生，其味如小豆藿，可作羹，亦可生食。

薇是一種野山菜，它的莖的葉子就好像是小豆的樣子，是爬蔓的蔓生植物。它的滋味吃起來像是小豆的葉子一樣。「豆藿」就是豆的葉子，它可以做成羹湯，也可以生吃。歷史上相傳，伯夷、叔齊就是隱居在首陽山上采薇而食的。臨死時還曾經作了一首歌：

登彼西山兮，采其薇矣。以暴易暴兮，不知其非矣。神農、虞、夏忽焉沒兮，我安適歸矣？于嗟徂兮，命之衰矣。

——《史記・伯夷列傳》

意思是說，登上那座西山采上面的薇蕨的野菜來維持生活。為什麼呢？「以暴易暴兮，不知其非矣」。因為紂王雖然是一個暴君，是一個無道之君，可是，武王以一個臣子的地位和身分而伐紂，來討伐他的君主，「以臣弒君，可謂仁乎？」他豈不也是一個暴臣嗎？「以暴易暴兮」，以紂王之暴君換來現在武王這個暴臣；「不知其非矣」，而天下居然不以他為過錯。

當然，像伯夷、叔齊所說的這種話，要看站在什麼觀點來看待。關於武王伐紂的事情，《孟子》上就曾經這樣說：

齊宣王問曰：「湯放桀，武王伐紂，有諸？」

孟子對曰：「於傳有之。」

曰：「臣弒其君，可乎？」

曰：「賊仁者謂之『賊』，賊義者謂之『殘』。殘賊之人謂之『一夫』。聞誅一夫紂矣，未聞弒君也。」

齊宣王問孟子說，「湯放桀，武王伐紂」有這樣的事情嗎？孟子回答說，史籍上有這樣的記載。齊宣王又說，做臣子的殺掉他的君主，這是可以的嗎？孟子說，破壞仁愛的人叫做「賊」，破壞道義的人叫做「殘」。這樣的人，應該叫他是「獨夫」，我只聽說武王誅殺了獨夫殷紂，沒有聽說過他是以臣弒君的。為什麼孟子這樣說呢？因為在孟子看來，做君主的既然不像一個君主的樣子來對待人民、愛護人民，如果君主視人民如同草芥的話，那人民當然也不會以對待君主的態度來看待他的君主了。所以，孟子說，我沒有聽說以臣弒君，我只知道所殺死的是一個獨夫，是一個眾叛親離的獨夫。

那麼，站在孟子的這種立場來說，只要是能夠果斷地拯救人民出於水火的困苦之中，而消滅一個暴君，也未嘗不是一件好事。可是，剛才我就說過了，對這件事要看站在什麼立場、觀點來對待，這是每個人因他的感情，他對人生的看法，他對感情的操守的觀點不同而不盡相同的。按照孟子的觀點來說，是「聞誅一夫紂矣，未聞弒君也」。可是，以伯夷、叔齊的觀點來看呢？是「以暴易暴」，紂王固然是暴君，武王也是暴臣。那麼，為什麼伯夷、叔齊如此說呢？因為，我們以倫理的相互關係來說，君臣之間是一個人倫的倫理關係，如果君不君的話，臣就可以不臣。同樣的倫理之間的關係，父子之間，如果父不像做父的態度，那兒子對父親該當如何呢？兒子是不是可以不把他當作父親看待？而用一種非常叛逆的態度對待他的父親呢？同樣的道理推下去，夫妻之間，是不是如果彼此之間有背叛了，因為他（她）背叛了我，我就可以背棄他（她）呢？朋友之間，是不是因為他欺騙了我，我就可以欺騙他呢？如果我們這樣推想下去就會發現，有一種感情是如此的，寧可他背棄或欺騙我，而我永遠不可欺騙、背叛他。父親儘管不父，而兒子要永遠像一個兒子的樣子對待父親，這是為人子所當有的一份態度，一份感情。那麼同樣，夫妻、朋友之間也往往有這樣一份感情，儘管對方有背棄、錯誤的地方，而我永遠不可有背棄、錯誤的地方。這不僅是對對方的一份感情而已，同時也是自己品格的一種操守。所以說，如果真的站在是非利害的觀點來說，當然，武王之伐紂也無可厚非；如果站在一種感情的情操來看的話，伯夷、叔齊的這種情操也未始不是一種極其崇高、完美的情操。所以，當伯夷、叔齊快要餓死的時候，他所作的歌中說到：「神農、虞、夏忽焉沒兮，我安適歸矣？」像神農、虞、夏那樣安樂、美好、幸福的時代已經過去了，神農、虞、夏「忽焉」就「沒兮」了，如此快地就消失了。「我安適歸矣？」我應該何所歸往呢？於是，他就在首陽山上餓死了。

現在，阮嗣宗是假借伯夷、叔齊的事情來寫他自己的悲慨。「下有采薇士，上有嘉樹林。」首陽山下應該有這樣采薇的高士，首陽山上有一片這樣美好的樹林。「嘉」是美好的意思。一般地說，凡是我們說到樹木的美好，都常常用「嘉樹」來形容，如說「嘉木」、「嘉樹」。當年的伯夷、叔齊為什麼歸隱到首陽山呢？因為首陽山是一片可以離開這塵世污濁混亂的是非的一個清潔之所在。所以說首陽山那裡有采薇的高士，有嘉美的樹林，也許在人世之間，只有這樣的地方才是清白的。阮嗣宗在後文中就感慨道：

「良辰在何許？凝霜霑衣襟。」伯夷、叔齊隱居在首陽山上，曾經作歌慨歎：「神農、虞、夏忽焉沒兮，我安適歸矣？」阮嗣宗所生的那個時代當然比伯夷、叔齊所生的那個時代的混亂、危亡猶有過之，阮嗣宗更該慨歎沒有一個託身歸往的所在了。所以，他說：「良辰在何許？」我多麼盼望有一個美好的時代，有一天美好的日子，可是，那一天美好的日子在哪兒呢？「良辰」，我盼望一個美好的日子，「在何許」的「許」就是所，何所，就是在什麼地方。這樣一個美好的日子在哪裡呢？多少人生在不幸的時代，在這樣不幸的時代都會有這樣的慨歎。伯夷、叔齊有這樣的慨歎，陶淵明所寫的《桃花源記》也有這樣一份美好的嚮往。陶淵明以桃花源做一個假託，寫他理想中的安樂、美好的世界。他在《桃花源記》裡這樣說，桃花源裡的那些人「不知有漢，無論魏晉」。他們不知塵世裡的一切紛爭、擾亂，他們甚至不知道「漢」這個朝代，那更不用說「魏晉」的朝代了。「漢」如何？「魏晉」又如何？西漢、東漢之間有王莽之篡，東漢到曹魏之時，有曹魏之篡，曹魏的結果呢？為司馬氏所篡。而西晉到東晉的偏安有五胡亂華的局面，後來劉裕又篡了晉。這是一個何等的世界，是一個何等的時代！如果有那樣一個所在，「不知有漢，無論魏晉」，對於所有的篡奪、離亂、危亡的都不知道，都不經歷這些痛苦，該多麼幸福，多麼美好。所以，陶淵明很悲慨地在《桃花源記》裡邊寫出了這樣的話，「不知有漢，無論魏晉」。可見，他對漢、魏晉以來的篡奪、戰爭、離亂、危亡是何等悲慨！因此，阮嗣宗說「良辰在何許」？那美好的日子究竟在哪裡？

「凝霜霑衣襟。」我看不到美好的日子，我所感受到的是什麼？是那凝結的寒霜沾滿了我的衣襟。我在講阮嗣宗的第一首詠懷詩時，說到「薄帷鑑明月，清風吹我衿」時已經講過，阮嗣宗的詩是「言在耳目之內，情寄八荒之表」。他所感受的僅是衣衿上的清風嗎？只是衣衿上的一片凝霜嗎？不是的，是他心魂之間，他的精神心靈感情的深處所感受的那一份寒冷、孤獨的感受。那凝結的如此寒冷的嚴霜沾滿了我的衣襟，我滿胸襟都是這一片嚴霜。

「寒風振山岡，玄雲起重陰。」不僅是滿胸襟的凝霜，在心神之內也是一片凝霜。不僅自身是如此的，在身外的環境也是如此的。阮嗣宗說，我所看見的是「寒風振山岡」，是一片如此寒冷的高風吹動了山岡。「振」字本來是振動的意思。實際上，風未必果然有這樣大的力量，未必果然能夠振撼山岡。阮嗣宗用「振」，就讓我們感受到那寒風之強烈，真是如此強烈的、有勁的勁風掃過了山岡，好像是把山都要撼動了。此外還有什麼？「玄雲起重陰」。「玄」是黑色，深黑深黑的顏色。有的時候，深黑的顏色會透出一點紅色，所以說，極黑而透著一點紅的顏色叫「玄」，這裡代表極濃重的陰雲。「重陰」是指層層厚厚陰沉的濃雲。「玄雲起重陰」是說如此黑色的，如此濃重的雲，一朵一朵、一團一團地湧起了，真是如此的陰沉，遮掩、籠蓋了整個的天空。陶淵明有一首《停雲》詩，說：

停雲靄靄，時雨濛濛。
八表同昏，平陸成江。
有酒有酒，閒飲東窗。
願言懷人，舟車靡從。

在前面我說過，那魏晉之世，那晉宋之世，對於時代的衰亂、危亡的一份悲慨的感覺，陶淵明說「八表同昏」，所有四方八面都是一片的昏沉，哪裡有一線光明。阮嗣宗也這樣說「玄雲起重陰」，如此濃重的重重疊疊的黑雲升起了，天上濃雲密佈，沒有一點陽光，沒有一點希望。

「鳴雁飛南征，鶗鴃發哀音。」在這樣的一個時代，所有的萬物，沒有不感受到這一份凋零、衰落的悲哀。那哀鳴的鴻雁高飛向南方遠去了。「征」者，是遠行之意，不一定說征戰，到遠方去做打仗的事情。只要是遠行都叫做「征」。杜甫有一首詩，題目是《北征》。《北征》是寫杜甫從鳳翔回到鄜州的家鄉。因為鄜州在鳳翔的北面，路很遠，故稱北征。而杜甫並不是從軍，不是到戰場上去征戰。阮嗣宗這裡是說南北往來的鴻雁。鴻雁是一種候鳥，春北秋南地飛翔，叫「征」。鴻雁哀鳴著高飛著向南方遠去了，因為它在想像之間南方是比較溫暖的，於是，離開了這寒冷的悲哀的所在。「鶗鴃發哀音」，「鶗鴃」是一種鳥的名字，相傳就是杜鵑。杜鵑這種鳥，它身體的上面是灰褐色的，胸腹部之間有黑色的橫條紋，尾巴的羽毛很長，是黑色的，叫聲非常淒厲。而且，相傳說杜鵑的叫聲好似在說「不如歸去」、「不如歸去」。它的叫聲能夠喚起那離鄉的旅客一份歸思之情。宋朝的秦少游有一首小詞，說：「可堪孤館閉春寒，杜鵑聲裡斜陽暮。」（《踏莎行》）杜鵑的鳴叫真是如此的悲淒、慘厲，讓人不忍聽、不堪聽。《楚辭》的《離騷》篇上說：「恐鶗鴃之先鳴兮，使夫百草為之不芳。」屈原曾經把美人、香草來比喻君子。他說：「余既滋蘭之九畹兮，又樹蕙之百畝。」曾經有一份如此美好的嚮往，他假託著芳草，有如此美好的芳草的種植，有這樣的一份希望。我就是恐怕有一天，鶗鴂這種鳥先鳴，它很早就叫起來了，它這一叫，春天的花就凋零了，就使得百草都為之不芬芳了。所以說，「恐鶗鴂之先鳴兮，使夫百草為之不芳」。

如果以《離騷》的這一句詩來看，鶗鴂好像隱然指的是小人的意思。恐怕有這種奸邪的小人的破壞，而使得一切美好的事物都落空了。所以，清朝的曾國藩說「鶗鴂似亦刺趨時附勢之小人」。可是，我認為，阮嗣宗在這首詩裡所說的鶗鴂並不是指那些趨時附勢的小人。阮嗣宗說「鶗鴂發哀音」，如果是指趨時附勢的小人，那麼，在當時，那些小人正在時勢的趨附之中，正在追求之中，怎麼會發「哀音」呢？我以為，屈原的《離騷》中所說的「恐鶗鴂之先鳴兮，使夫百草為之不芳」是指趨時附勢的小人。而阮嗣宗在這首詩中所說的「鶗鴂」應該並不是指趨時附勢的小人。「鶗鴂發哀音」就是指杜鵑鳥在暮春的鳴叫非常淒厲，非常悲哀。為什麼呢？因為春天就要消失了，而且，相傳杜鵑鳥的魂魄是蜀地望帝的魂魄化成的。李商隱曾經有兩句詩，說：「莊生曉夢迷蝴蝶，望帝春心託杜鵑。」（《錦瑟》）相傳周朝末年蜀地的君主，名叫杜宇，後來禪位退隱，不幸國亡身死，死後魂化為鳥，暮春啼苦，至於口中流血，其聲哀怨淒悲，動人肺腑，名為杜鵑。那麼，我們看，蜀望帝是一個何等的皇帝呢？他是一個失去了自己國家的皇帝。所以，我認為阮嗣宗所寫的鶗鴂是對當時時代危亡的一份悲慨，而不是指那些趨時附勢的小人。我覺得，這樣講對阮嗣宗這一首詩似乎更恰當一點。

「素質遊商聲，悽愴傷我心。」在解釋這兩句詩之前，我們還要再看前面兩句詩。本來前面兩句詩所說的實際是不相配合的。前兩句詩的第一句說「鳴雁飛南征」，寫的該是秋天，在秋天的時候，雁才到南方去。但是，後一句又說「鶗鴂發哀音」，應該是春天。李商隱的詩說「望帝春心託杜鵑」。秦少游的詞說「可堪孤館閉春寒，杜鵑聲裡斜陽暮」。凡是說到杜鵑都指春天。屈原的《離騷》也說是「恐鶗鴂之先鳴兮，使夫百草為之不芳」，也說的是春天。如果說鶗鴂就是杜鵑鳥的話，那麼，就應該是春天。然而，阮嗣宗的「鳴雁飛南征」一句說的是秋天，「鶗鴂發哀音」說的是春天，這豈不是互相矛盾嗎？如果是春就不是秋，是秋就不是春。為什麼他一句是秋，一句是春呢？我們要知道，這兩句詩從外表上看起來，雖然春秋的時季是不相同的，可是，如果我們從阮嗣宗的內心感受來說，那秋天草木的凋零與春天百花的零落，那一份消失的悲慨是相同的。李後主有一首小詞說：

> 林花謝了春紅，太匆匆。無奈朝來寒雨晚來風。
> 胭脂淚，留人醉，幾時重？自是人生長恨水長東！
>
> ——李煜《相見歡》

李後主寫春天的暮春與秋天的暮秋有一份相同的感受，同樣是那一份凋零、消失的感覺。而阮嗣宗所要寫的就是那一份零落、危亡的悲慨。因此說，秋天的暮秋之時那一份零落與春天的暮春之時那一種零落有相似的地方。所以，阮嗣宗所寫的表面上是一句秋，一句春，好像是矛盾、不合，但其中所包含的一份深切的情意是一致的。那麼，他後面的詩句就又回來說了，「素質遊商聲」，寫鶗鴂是為了陪襯那一份零落的感覺，並非一定確指春天。「素質遊商聲」

是回到寫秋天。《文選》李善注引沈約，南朝的沈休文解釋這一句詩說：

致此凋素之質，由於商聲用事秋時也。遊字應作由，古人字類無定也。

沈約認為，「遊」字應該是由來的「由」字。古人只要是聲音、形狀相近似的字往往都可以假借通用。這個「遊歷」的「遊」與「由來」的「由」，聲音相同，就可以來借用。「遊商聲」就是由於商聲的緣故。他說：「致此凋素之質」，「凋」是說凋零。「素」是什麼色彩都沒有。「質」是說本質。他說能夠使得宇宙的萬物成為如此的凋素，所有的繁華都凋零了，造成這種現像是由於什麼緣故呢？由於「商聲」的緣故，是「遊商聲」，「由於商聲用事秋時也」。什麼叫「商聲用事」呢？在中國古代，把一年的季節配合五音來稱謂。中國古代音樂有所謂「五音」的說法，就是「都、來、咪、索、拉」，古人稱之為「宮、商、角、徵、羽」。四時的季節怎麼配五音呢？是這樣配的：角（ㄐㄩㄝˋ，入聲）是春天。徵（ㄓˇ）是夏天。宮是季夏，就是夏季的最後一個月。商是秋天，商聲是代表秋天。羽是冬天。

所以，阮嗣宗說「素質遊商聲」，就是使得宇宙的萬物都這樣凋零、冷落，都這樣衰敗了。為什麼？因為秋天的季節是「商聲用事」的季節。歐陽修的《秋聲賦》說：「商，傷也，物既老而悲傷。」這當然是一種望文生義的解釋了。歐陽修認為「商」就是悲傷的意思。其實，「商」並不一定有悲傷的意思，而是說秋天是商聲，秋天是一個悲傷的季節，而且，秋天是一個凋零、肅殺的季節，是所謂「商聲用事」的「秋時」，肅殺的氣質把草木都摧毀了，所以說「素質遊商聲」。還有《禮記》的《月令》上也記載著說：「孟秋之月，其音商。」

那麼，阮嗣宗這句詩是什麼意思呢？他說我看到所有的我身外的一切景物、現象，我所生的這個時代，「寒風振山岡，玄雲起重陰。鳴雁飛南征，鶗鴂發哀音」。為什麼如此之悲淒？為什麼如此之黑暗？為什麼這樣的凋零、衰敗？由於這是一個商聲的時季，由於現在這個時代就是如此之危亡、凋零的一個時代。阮嗣宗認為，這是無可挽回的，無可改變的。誰叫我生在這樣一個時代呢？於是，他說：「悽愴傷我心」。他說，我所生的這個時代真是生不逢辰，真是「悽愴」，真是悲淒，真是使我傷心。真是「傷我心」！「傷我心」三個字說得非常沉痛，使我由衷地傷心。

阮嗣宗的這第十首詠懷詩，陳沆的《詩比興箋》認為，它是「悲憤之懷」。詩裡邊是「采薇長往，矯首陽之思」，嚮往那首陽山上像伯夷、叔齊一類人，離開這個時代，找到一個躲避的所在，而且，慨歎他自己生不逢辰。這是一份悲慨，而並不是諷刺當時某一個人、某一件事，是對整個時代的一份悲慨。

昔年十四五

昔年十四五，志尚好書詩。
被褐懷珠玉，顏閔相與期。
開軒臨四野，登高望所思。
丘墓蔽山岡，萬代同一時。
千秋萬歲後，榮名安所之？
乃悟羨門子，噭噭今自嗤。

阮嗣宗的上一首詠懷詩是寫他對整個時代的悲慨，現在這一首詠懷詩是寫他的一些希望、理想的落空。

他說我難道當年沒有過希望、沒有過理想？沒有立定過一番志意嗎？曾經有過：「昔年十四五，志尚好書詩。」回想從前當我只有十四五歲的時候，「志尚好書詩」。為什麼說「十四五」？因為《論語》的《為政》篇中孔子曾經說過：「子曰：『吾十有五而志於學。』」孔子寫他自己平生幾個為人的階段，說他從十五歲的時候，「十有五」即十另五，十五歲。「而志於學」，我就立志求學了。可見，人在十四五歲的時候，正是一個立志的時代。孔子認為，人在十五歲就應該有所立志了。阮嗣宗說，回想我當年十四五歲的時候，我所立定的志意，我崇尚、愛好、追求、嚮往的是誦讀《詩》《書》，誦讀古聖賢留給我們的美好的教訓，培養美好的理想。我自己曾經對我自己期許，我是何等的人物？《孟子・滕文公上》曾經說過：「舜何人也？予何人也？有為者，亦若是。」一個人不可以自暴自棄，應該立志做一個美好的人物。舜是何人？我是何人？我立定志意也要做像他一樣的人物。所以，阮嗣宗說，我十四五歲立定了志向，我崇尚、愛好誦讀《詩》《書》，我以聖賢之志意為志意。

「被褐懷珠玉，顏閔相與期。」雖然我物質上的生活是貧窮的，但是，我精神上的生活是富足的。物質上的生活我是「被褐」。「褐」是粗布的衣服，最粗糙的，貧苦的人所穿著的粗布的布衣，「被」字讀「披」字的音，就是穿著的意思。我所穿著的是如此貧賤的粗布的衣服，物質上的生活是貧苦的。可是，我內心所懷有的是「珠玉」，是珠玉一樣美好的理想。「被褐懷珠玉」一句是有出處的，見於《孔子家語》。《孔子家語》上說：

> 子路問於孔子曰：「有人於此，被褐而懷玉，何如？」子曰：「國無道，可也；國有道，則衮冕而執玉也。」

有一次，孔子的學生子路問孔子說，如果有一個人在這裡，他外邊所穿的是非常貧賤的粗布的衣服，而他的胸懷之中所藏的是珠玉一樣的寶物，老師，你認為這樣的人怎麼樣呢？當然，這裡子路是打一個比喻，並不是說真有這樣一個人穿粗布衣服而懷藏珠玉，而是以此比喻說一個人物質生活雖然很貧苦，但他有一份美好的理想，然而，沒有被人發現，沒有被人認識。「子曰：『國無道，可也。』」孔子回答說，你所生的那個國家是個衰亂無道的國家，你把你的一份美好的理想、志意、才能都懷藏起來，而甘心過貧寒的生活當然是對的。因為，在那個時代，沒有人知道你，沒有人認識你，沒有人肯信用你，沒有可以用你那一份美好的才德、志意的地方。可是，孔子又說了：「國有道，則袞冕而執玉也。」如果你所生的國家是個有道的，是個安定的，是個聖賢在位的美好的國家，你就應該「袞冕執玉」，你就不應該再過那種貧寒的、退隱的生活，就應該穿上袞衣，戴上冠冕，就應該出來仕宦。應該「執玉」，應該把玉拿在手中，應該表現你的才能，為國家貢獻才能。儒家本來一向是這樣的理想，即主張「用世」。有人曾經問孔子說：「有美玉於斯，韞櫝而藏諸？求善賈而沽諸？」孔子說：「沽之哉，沽之哉，我待賈者也。」（《論語．子罕》）有美好的才能應該貢獻給國家，不應該自己藏起來。所以，孔子說，有美玉應該拿出來，而不應該藏起來。國無道，可以被褐懷玉；國有道，就應該袞冕執玉，把才能貢獻給國家。當然，阮嗣宗也希望有一個機會能夠「袞冕執玉」，他說：「顏閔相與期。」我對我自己的期許是把什麼人物當作我的榜樣呢？是「顏」，是「閔」，是顏回，是閔損。

顏回，字子淵，魯國人，孔子弟子。敏而好學，貧居陋巷，簞食瓢飲，而不改其樂。孔子稱其賢，孔子說：「賢哉回也。」顏回有如此美好的一份品德、才能和志意，而且能夠如此之安貧樂道，「簞食瓢飲，不改其樂」。「閔」是閔損，字子騫，閔子騫，也是春秋魯國人。「性孝友」，他的天性非常孝友。我想大家都知道閔子騫「單（蘆）衣順母」的故事。

「少時，後母虐之，衣所生二子以絮，而衣子騫以蘆花。父知之，欲出後母。子騫曰：『母在一子寒，母去三子單。』遂止，母亦感悟。及長，為孔子弟子，以德行著。」閔子騫很小的時候，他的母親就去世了。他父親再婚，給他娶了個後母。他的後母對他非常虐待，而且，他後母又生了兩個孩子。冬天來了，天氣非常冷，後母就「衣所生二子以絮，而衣子騫以蘆花」。她就做棉衣給她親生的兩個孩子，棉衣裡邊裝的是棉絮，而給閔子騫所做的棉衣裡邊裝的是蘆花。這種蘆花做的棉衣從外表上看跟棉絮做的棉衣沒有什麼區別，然而，蘆花做的棉衣是不能禦寒的。後來，他父親發現了後母對他的這種虐待的情形，就「欲出後母」，想要休棄掉他的後母。而閔子騫就替他的後母求告於他的父親。閔子騫對父親說：「母在一子寒，母去三子單。」說母親留在家裡，只是我一個人受寒冷，如果你現在把我的後母休棄了的話，那麼，我們兄弟三個人就都要受寒冷了。可見，閔子騫的這一份孝友的友愛精神，真是使人感動。因此，他父親也就停止了，沒有休棄他的後母。他的後母也就因此而感動了，覺悟了，而且對閔子騫很好了。

顏回「簞食瓢飲」的一份操守，閔子騫的一份孝友之情，他們的這一份「德行」（孔子稱顏閔二人）是孔子學生裡邊最美好的。

阮嗣宗說「顏閔相與期」，我就是要以顏回、閔子騫這樣的人自相期許，以他們為榜樣和標準，做像他們這樣的人。可見，我自己真是以聖賢之心為心，以聖賢之志意為志意，以此立志。可是，後來我卻發現：

「開軒臨四野，登高望所思。丘墓蔽山岡，萬代同一時。千秋萬歲後，榮名安所之。」阮嗣宗說，聖賢果然真的是可以當作我們生活的目的、意義和價值嗎？杜甫有一首詩，是《赴奉先縣詠懷》。在這首詩前面，杜甫曾經說：「許身一何愚！竊比稷與契。」他說我對我自己的期許是何等愚蠢！為什麼呢？因為我所要許身做的人物是「稷與契」。「稷」是「后稷」，是教民稼穡的。「契」是在舜的時候做司徒的官吏，是管理民事的人。杜甫說，我以稷與契這樣的人物自我期許，是多麼愚蠢啊！《孟子》上說：「舜何人也，予何人也，有為者，亦若是。」可見，有人以堯舜自我期許，有人以稷契自我期許，而阮嗣宗以顏閔這樣的聖賢自相期許。可是，後來，當他年齡一天一天地長大了，他所追求的、所嚮往的有多少都幻滅了，都落空了。

「開軒臨四野，登高望所思。」「軒」指的是窗。本來「軒」字有許多種解釋。有的「廊」也可以叫「軒」，有的「廳」也可以叫「軒」，「車」也可以叫「軒」。這裡的「軒」應該指的是窗。他說我推開我的窗子，面對著那四方廣大的郊野。「登高望所思」，有的時候，我登上那非常高的地方而遙望、瞻望，懷著我的希望，遠望那我所思念的、我所追求的、我所嚮往的，是什麼呢？是現實的人物嗎？是現實的景物嗎？不是的，是我內心之中的一份理想，是我自己給自己所選的一個標的。如果我們把它講得切實的話，那麼，它就是像有人所注解的：就是「顏閔相與期」的「顏閔」。阮嗣宗所思的是顏回、閔子騫這樣的聖賢人物。這樣承接上文講下來當然是可以的。但是，我以為，我們也不必如此確指。阮嗣宗這句詩只是說他在少年時代，確實是有一份志意，有一份期許，有一份理想，他所追求、嚮往的是一個理想的境界。他用「臨四野」把它寫得這樣的廣遠；用「登高」把它寫得這樣的高遠。一個廣，一個高，兩種感覺使讀者感受到他那一份志意、理想、期許是何等的高遠。可是，後來發現了什麼？他說，我發現：

「丘墓蔽山岡，萬代同一時。」無論是什麼樣的人物，即使是聖賢也要死亡的。我看見那遮蔽在那高山的山岡上的完全都是高高低低、大大小小的墳墓。「丘」字在《方言》上的注解是「冢大者為丘」。意思是說墳墓比較高大的就為丘。所以「丘墓」就是指高高低低、大大小小的墳墓。「丘墓蔽山岡」這句詩，古人注解說是丘墓被山岡給遮蔽了。岡高於丘，故墓蔽於岡。因為山岡比丘墓更高，所以，丘墓被山岡遮蔽了。古人的這種解說我認為是不十分恰當的。我以為，這句詩的意思不是說丘墓蔽於山岡，不是蔽於，而就是蔽山岡，是把山岡遮蔽了，是滿山上都是墳墓，這樣，豈不是墳墓把山岡遮蔽了？我們抬頭遠望，「但見丘與墳」（《古詩十九首》），只看見那高低的一片墳墓。「萬代同一時」，沈約說：

自我以前，徂謝者非一，雖或稅駕參差，同為今日之一丘，夫豈異哉！故云「萬代同一時」也。

沈休文的意思是說，「自我以前」，在我從前的古代的那遙遠長久的歷史上，「徂謝者非一」，「徂謝」就是死亡的人。他說，我看一看在我以前死去的人不只是一個人，有多少英雄，有多少豪傑，有多少聖賢、志士都死亡了，「雖或稅駕參差，同為今日之一丘」，雖然他們的人生經歷不同，死亡的年壽或者很老，或者很年輕，不管他們所走的路途是什麼，可是現在呢？我看起來，「同為今日之一丘」了，沒有差別的，同樣只是今天我所看到的山岡之上的一個墳墓而已了。無論是多少代以前的人，無論是何等樣的人物，無論他當年在現實生活上有如何的成就，是壽還是夭，今天都是一個墳墓了。所以，「夫豈異哉」！有什麼不同嗎？沒有什麼不同。因此說「萬代同一時」。千秋萬代的多少人物現在同歸於一個最後的結束。都是什麼？都是我現在眼前所看到的一片墳墓。這時，我猛然地覺醒了：

「千秋萬歲後，榮名安所之？」即使是做一個聖賢，那榮名又在哪裡呢？古人說：「太上有立德，其次有立功，其次有立言。」這些都是追求一個榮名之不朽。然而，即使你「立德、立功、立言」，即使你成為英雄、豪傑、聖賢、志士，你也許留下榮名了，但當你留下榮名的時候，你到哪裡去了呢？你那個榮名對你有什麼樣的關係呢？榮名又算什麼呢？所以，杜甫在《夢李白》的兩首詩裡邊曾經有這樣的句子，說李太白「千秋萬歲名，寂寞身後事」。即使你有千秋萬歲這樣的聲名，而那也是你寂寞身後的事情了。你又能夠掌握獲得一些什麼呢？豈不是仍然是死亡，仍然是虛幻，仍然是同歸於腐朽嗎？現在，阮嗣宗也說了：「千秋萬歲後，榮名安所之？」正像杜甫所說的：「千秋萬歲名，寂寞身後事。」你那美好的名譽到哪裡去了呢？「安所之」就是「何所往」。你那榮名又在哪裡呢？不用說你未必有榮名，即使你有了榮名，那時，你又在哪裡？榮名對你有何等關係呢？

「乃悞羨門子，噭噭今自蚩。」阮嗣宗說，可見，你在人世上追求任何的理想，任何的志意，最後的結果都是落空的。像這種思想之產生，當然是由於阮嗣宗生當那魏晉衰亂之世，他對於人世的一切都絕望了，所有的一切都無可依憑、無可持守了，什麼叫禮法？什麼叫道德？什麼叫理想？什麼叫聖賢？他覺得人生整個都失去了意義，失去了價值，失去了目的，什麼都沒有了。所以，他才說出這樣的話來，寫出這樣的詩句來。這是阮嗣宗所生的那個時代使他如此的。

但是，也有人說過這樣的話：

子曰：「道不同不相為謀。」亦各從其志也。……舉世混濁，清士乃見。豈以其重若彼，其輕若此哉？

——《史記・伯夷列傳》

司馬遷引孔子的話是要說明這樣一個道理，我們每個人果然沒有一個所遵循的理想路途的話是不應該的，每個人都應該有自己的理想。因此，你不要管身後的榮名如何，也不要管現實的得失，只因為這是我的理想，是我所要追求的志意，我以為我這樣做是好的，就這樣做就是了，也就持守住了。陶淵明說：「不賴固窮節，百世當誰傳。」（《飲酒・其二》）千古以來，在我們中國歷史上，之所以有光芒在閃爍，之所以不寂寞，就因為有這樣的人物，他不計一切的得失、利害，而持守住本身的一份理想。阮嗣宗也何嘗是一個沒有理想的人？他是有理想的人。這首詩正是他的「反激」之言。因為他生的那個時代，他認為一切的道德，人生的一切標準、價值都落空了。他很激憤、很悲慨地寫了這一篇詩，而並不是說阮嗣宗真的是一個沒有理想、沒有持守的人物，不是的。正因為他有理想、有持守，才寫下了這樣「反激」的詩句。所以，他說「千秋萬歲後，榮名安所之」？又何必做聖賢呢？又何必去追求不朽的聲名呢？

「乃悟羨門子，噭噭今自蚩。」現在我才覺悟，覺悟什麼？覺悟應該像羨門子一樣才是對的，不要像顏回、閔子騫一樣。人生的理想不應該追求像顏閔的聖賢，而應該追求像羨門子一樣。羨門子如何？羨門子是古代的一個神仙，是一個仙人的名字。《史記・秦始皇本紀》上記載著說：

> 始皇之碣石，使燕人盧生求羨門、高誓。
>
> ——《史記・秦始皇本紀》

秦始皇曾經來遊過碣石山，「碣石」是一個山的名稱。秦始皇叫燕這個地方的一個姓盧的人，希望他能夠尋求、找到像羨門、高誓這樣的人物。那麼，羨門、高誓是什麼樣的人物呢？《史記》裴駰的《集解》這樣注解，裴駰引韋昭的說法，說羨門是「古仙人」。「高誓」是誰呢？《史記》張守節的《正義》說：「亦古仙人。」可見，羨門、高誓是古代的兩個仙人。阮嗣宗說「乃悟羨門子，噭噭今自蚩」。有人就對這兩句詩加以注解了。近代學者黃節先生說：

謂顏閔之徒，然已成丘墓矣。雖有千秋榮名，不如羨門之長生耳。是以今日自嗤。嗤昔年之志於顏閔也。

——黃節《阮步兵詠懷詩注》

黃節先生說，雖然是要想有千秋萬歲的聲名，而實在是空虛的，因為到那千秋萬歲之後，你就化為糞土了，所以，不如學羨門子神仙那樣，去追求學道長生的方術了，這才是真正實在的。而死後的聲名是虛幻的。我現在就是笑我自己當年要立志學聖賢，這真是多麼愚蠢的一件事情。

清朝的何焯解釋這兩句詩時這樣說：

此言少時敦悅詩書，期追顏閔。及見世不可為，乃蔑禮法以自廢。志在逃死，何暇顧身後之榮名哉？因悟安期羨門，亦遭暴秦之代，詭託神仙爾。

——黃節《阮步兵詠懷詩注》

何焯認為，阮嗣宗的這首詩是說他少年的時候，真是崇尚、愛好《詩》《書》，真是嚮往古代的聖賢，希望能夠成為像顏回、閔子騫這樣聖賢的人物。「及見世不可為」，當他看到當時魏晉的那個時勢不可以有為，「乃蔑禮法以自廢」，他就蔑棄禮法而自己以狂放自廢了。我們看阮嗣宗的生平，他的確是曾經說過這樣的話：「禮豈為我設邪？」（《晉書》卷四十九）阮嗣宗說，這外表的硜硜瑣瑣的繁文縟節的禮法難道是為我們這樣狂放、坦率的人所設的嗎？所以，他就完全任他自己性情之狂放，而不遵守世俗之禮法，而以狂放自廢。為什麼？這真是有激而為。他看見魏晉之世，有多少人假禪讓之名行篡弒之實，有多少人滿口的仁義道德而所行的事蹟是如此之邪惡、卑污。因此，阮嗣宗對於這聖賢的、外表的禮法，覺得是落空的、是失望的。於是就「志在逃死，何暇顧身後之榮名哉」？像這樣衰亂的時代，還講什麼聖賢，還講什麼理想，只要能夠逃避死亡就好了，哪裡還管得到身後的聲名呢？「因悟安期羨門，亦遭暴秦之代，詭託神仙爾」。他羨慕羨門子，不僅是因為羨門子是神仙，可以長生不老而已，而且是羨門子生當暴秦的時代，能夠假託神仙之名，而脫離那暴秦的時代，脫離開塵世。表示阮嗣宗對於魏晉之世的一種失望，只要能夠離開這衰亂的、邪惡的人世，能夠保全生命就是最好的了。哪裡還管什麼千秋萬歲之後的聲名，還說什麼為聖為賢的理想。所以，阮嗣宗說「乃悟羨門子」，意思是說，我現在才覺悟羨門子為什麼要去求神仙，為什麼要去做神仙，而不做一個救世的聖賢，為什麼緣故？因為他對現實的一切失望了。於是，「噭噭今自蚩」。「蚩」是笑，譏笑。「自蚩」就是自己對自己嗤笑。那麼，「噭噭」兩個字是什麼意思呢？一般地說，「噭噭」是表示一種悲哀的聲音。比如像《莊子》的《至樂篇》裡邊有這樣一句話，說莊子的妻子死了，他沒有哭。在莊子看來，人的死生是一種自然的現象，於是，莊子說我又何必「噭然隨而哭之」呢？所以說，「噭噭」應該是悲哭的聲音。還有劉向的《九歎》上也有這樣的話：「聲噭噭以寂寥兮。」《楚辭》的注解說：「噭噭，呼聲。」說它是一種悲呼的聲音。不管是哭泣還是呼號，阮嗣宗所說的「噭噭今自蚩」就是說我對於我自己過去的那一份悲哀，那一份失望，真是覺得可悲可泣了。但是，如果我們不是這樣非常拘執，這樣地狹隘，說一定把「噭噭」講成是哭的聲音，如果把「噭噭」講成是一種笑的聲音，講成它只是象徵一種聲音，是象聲之詞，摹仿一種聲音，是哭的聲音，是叫的聲音，或者是笑的聲音，何嘗不可以呢？說成是我就這樣地冷笑，這樣「噭噭」地譏笑我自己，笑我當年的志意真是愚蠢的。如果說，笑我當年的悲哀，當然也是可以的。或者只解釋成說，我現在才覺悟我當年的那一份理想、聖賢的志意真是愚蠢的，所以，我就譏笑我自己了。

徘徊蓬池上

徘徊蓬池上，還顧望大梁。
綠水揚洪波，曠野莽茫茫。
走獸交橫馳，飛鳥相隨翔。
是時鶉火中，日月正相望。
朔風厲嚴寒，陰氣下微霜。
羈旅無疇匹，俛仰懷哀傷。
小人計其功，君子道其常。
豈惜終憔悴，詠言著斯章。

第十二首詩，在阮嗣宗的詠懷詩裡是非常重要的一首詩，有多少人對此加以解說，都認為在他的詩裡邊確實有一種諷喻、寄託之意，其中有很多首詩都是諷喻當時魏晉之交的那個時代的，寫的是司馬氏篡魏的這一段事情。尤其是這第十二首詩，我們可以非常明白地看到這一種諷喻、寄託的深意。

「徘徊蓬池上，還顧望大梁。」從這開頭的兩句，我們就可以體會出阮嗣宗那一份深意。「蓬池」是什麼地方？「蓬池」，根據《漢書》的《地理志》記載：「河南開封縣東北有蓬池。」在河南開封縣東北，有一個地方就叫做蓬池。「大梁」在什麼地方？「大梁」是相當於現在河南開封縣西北的地方。「大梁」是戰國時候魏國的都城。戰國時有所謂戰國「七雄」之說，即齊、楚、燕、韓、趙、魏、秦。其中的「魏」就是指魏國。而魏國的名稱——魏，恰好與三國曹魏的「魏」是同一個字。戰國時的魏國的都城就是「大梁」。曹魏國的都城並不在大梁，而在洛陽。洛陽雖然不在大梁，但洛陽也是在河南，因此，「大梁」在阮嗣宗的這首詩裡邊，實在指的是曹魏的京都，就是洛陽。為什麼這樣說呢？第一個原因是戰國時代的魏國的「魏」字，同曹魏的「魏」字本來就相同；第二個原因是大梁在河南境內，曹魏的都城也在河南境內。所以，以這個「大梁」借指曹魏的都城洛陽，那是非常自然，而且是非常明顯地就可以看出來的一種借喻。古人的一些詩作、詞作，有些果然是有喻託的，而有些不一定是有喻託的。比如像溫飛卿的詞，有一些人認為它裡邊有喻託的深意，清朝的張惠言的《詞選》就認為飛卿之詞都是有一份寄託深意的。可是，實實在在飛卿的詞裡有沒有這一份深意，我們很難相信，也很難確知。因為我們從溫飛卿的生平以及溫飛卿的作品中，都不能夠得到確實的信證。可是，阮嗣宗的詠懷詩裡邊有一份諷喻、寄託之意，這是我們可以求得信證的。我們確實可以在阮嗣宗的詩裡邊感受到他果然是諷喻當時那朝代的更迭，那種從曹魏到晉中間的那一段以禪讓為名行篡逆之實的朝代更迭的悲慨。所以說，司馬昭之心路人皆知了。阮嗣宗對這個時代的一份悲慨，尤其在這一首詩中是可以明顯地感受到的。「徘徊蓬池上，還顧望大梁。」他以「大梁」為喻託，隱然指的是當時的都城，而「蓬池」是都城附近的地方。他說，我這樣滿心憂慮、哀傷地徘徊、徬徨在蓬池之上，我屢次回首還顧、瞻望那都城大梁。在我們中國詩歌史上，有多少人寫到自己國家的都城的時候，那一份眷戀之意都是如此的。杜甫，當他出官華州的時候，離開長安城，就曾經寫過這樣的詩句，他說我「無才日衰老，駐馬望千門」（《至德二載甫自京金光門出間道歸鳳翔乾元初從左拾遺移華州掾與親故別因出此門有悲往事》）。杜甫說，我停下馬來，回頭看一看長安城宮闕的千門萬戶。還有，當杜甫離開後來肅宗的行在鳳翔要回到鄜州去探望他的妻子時，他曾經有這樣兩句詩：「回首鳳翔縣，旌旗晚明滅。」（《北征》）我回頭看一看鳳翔縣，看到鳳翔縣上邊那些旌旗在黃昏落日的餘暉之中閃動。表現出要離開自己的朝廷，離開自己的都城，那一份回顧、眷戀的情意。還有王粲的《七哀詩》，也曾經這樣說過：「南登霸陵岸，回首望長安。」當我登上霸陵（漢文帝的墳墓）的時候，回頭看一看長安的都城。可見，有多少人寫到對於都城的一份眷戀的時候，都用這「還顧」、「回首」種種的字樣。阮嗣宗也說，「徘徊蓬池上」，我「還顧望大梁」。就在這一「還顧」、一「回首」之間，有多少眷戀，有多少哀傷，有多少對於國家危亡的憂慮都淋漓盡致地表現出來了。那麼，我「徘徊蓬池上，還顧望大梁」，看見些什麼？

「綠水揚洪波，曠野莽茫茫。」這兩句詩當然是有一種象徵的喻託，並不是完全寫實的。他說我只看到那蓬池的池水真是「綠水揚洪波」，「洪」是大的意思，有這樣大的波浪，波濤滾滾的樣子，蓬池裡的綠水波濤翻滾。我再看一看那空曠的郊野真是「曠野莽茫茫」，如此一片空曠的郊野。「莽」是草木叢生的樣子，「茫茫」是廣大的一片。《楚辭》上曾經有這樣一句，說「莽茫之無涯」（《七諫》），你看一看那曠野草木叢雜，真是這樣遙遠、蒼茫廣遠的一片。那麼，阮嗣宗要說的是什麼？他要說的只是水中大的波浪嗎？只是那曠野蒼茫的一片雜生的草木嗎？不是的，阮嗣宗要寫的是他對當時時代的那種危亡、衰亂的一份感受。那真是「滔滔者天下皆是也」的一份亂世的悲慨。「綠水揚洪波」，不只是蓬池的現實的池水在揚洪波，是整個時代的動亂在揚洪波。「曠野莽茫茫」，那種空曠、那種荒涼的感覺，不只是蓬池的那一片郊野而已，而是他對整個人生的那種絕望、那種黑暗、那種衰亂的一種感受。他覺得人世像一片曠野一樣，到處是叢生的雜亂的野草樹木。在那「曠野莽茫茫」之上，看見些什麼：

「走獸交橫馳，飛鳥相隨翔。」我只看到在那曠野之上有奔跑來往的野獸。「走獸」是說奔跑來往的野獸，「交橫馳」是說交雜縱橫地在曠野上奔跑，是一種禽獸橫行的樣子。「飛鳥相隨翔」，有多少飛鳥一隻隨著一隻，一隻隨著一隻，相隨著高飛遠去了。所以說，當時的時代是波濤滾滾，曠野茫茫，走獸橫馳。這樣的時代、這樣的人世，是在什麼時候？

「是時鶉火中，日月正相望。」這兩句詩，阮嗣宗說得真是非常切實。他說是什麼時候讓我發現了我所處的人世到處是洪水揚波，到處是那叢生雜亂的野草，到處是縱橫馳騁的野獸？那是「鶉火中」的時候。

什麼是「鶉火中」的時候呢？「鶉火」本來是天上一個星的名字。「鶉火中」是說「鶉火」這個星正在天中，正當天的中央的那個時候。那麼，什麼時候「鶉火」星正當天的中央呢？應該是在九月、十月之交的時候。它見於《左傳・僖公五年》的記述。《左傳》上這樣記載著說：

晉侯復假道於虞以伐虢。……八月甲午，晉侯圍上陽，問於卜偃曰：「吾其濟乎？」對曰：「克之。」公曰：「何時？」對曰：「童謠云：『丙之晨，龍尾伏辰，均服振振，取虢之旂（旗）。鶉之賁賁，天策焞焞，火中成軍，虢公其奔。』其九月、十月之交乎！丙子旦，日在尾，月在策，鶉火中，必是時也。」

晉國要去攻打虢國，晉侯就問卜偃（卜偃是晉國一個會占卜的人）說：「吾其濟乎？」說你看我這次攻打虢國能成功嗎？「對曰：『克之。』」卜偃說一定能成功，一定能夠把虢國打敗。「公曰：『何時？』」什麼時候能夠克服虢國，把他們打敗呢？「其九月、十月之交乎！」大概在九月、十月之間的時候，就是在九月底十月初的時候。「鶉火中，必是時也。」在那個時候，天上的鶉火星正在天中，一定是這個時候。《左傳》上還引了一個童謠，因為這裡我們不是講《左傳》，所以，講到這裡就夠了。

《左傳》所記載的是周朝時候的事情。周朝所用的曆法本來是建子月。周朝以子月為正月。因為夏、商、周三代不同曆：夏朝是建寅，商朝是建丑，周朝是建子。從地面看上去，北斗星在天上是輪轉的，它所指的方位，每一年的四時的季節都不相同。春天的時候，是「斗柄回寅」。如果你在黃昏的時候觀測，斗柄正指在天上寅的方位。因為夏朝是建寅，當斗柄指在寅的方位的時候，就是正月。商朝是建丑，以斗柄指在丑的方位的時候當做正月。周朝是建子，以斗柄指在子的方位的時候當做正月。那麼，春秋僖公五年的時候，本來用的是周曆，應該是以建子月為歲首。可是，卜偃說的這個九月、十月是周曆的九月、十月嗎？是周朝的九月、十月嗎？不是的。杜預的《左傳》「注解」上說，「夏之九月、十月也」。杜預說，卜偃所說的九月、十月之交可以打敗虢國，不是周朝的九月、十月，是用的夏朝的曆法，是夏朝的九月、十月。古人有的時候，雖然是他的朝代改了曆法，然而，一般占卜所用的，或者是耕種、農耕所用的曆法常常還是依照夏曆的。所以，這裡雖然是發生在周朝的事情，可是，卜偃占卜所用的曆法不是周曆而是夏曆，是夏曆的九月、十月之交。

這裡，我為什麼要費很多時間說明鶉火星在天中是九月、十月之交，還特別要說明卜偃所說的九月、十月是夏曆的九月、十月呢？因為這個問題牽涉到當時阮嗣宗寫詩所暗指的一段歷史。曹魏的曆法，本來是繼承著漢朝的曆法，後漢的曆法本來是用夏曆的。可是，魏明帝的時候，在魏明帝景初元年的時候，曾經改過一次曆法，以建丑月為正月，而不用夏曆了，不以建寅的那個月為正月了，這跟商朝的建曆是一樣的。可是後來，到齊王芳正始元年的時候，又改了一次曆法，改用夏曆了。這段歷史情況，在《三國志》的《魏書》的這些皇帝的《本紀》上都有記載。

我們知道，齊王芳後來是被司馬師給廢掉了，齊王芳被廢是在什麼時候？是在曹魏的齊王芳嘉平六年，就是西元二五四年。在曹魏的嘉平六年九月甲戌，當時的曹魏的權臣司馬師就廢其君曹芳為齊王。那麼，甲戌是哪一天呢？關於這段歷史，《三國志》上有記載。九月甲戌是曹魏嘉平六年的九月十九日。我們可以清楚地推算，因為當時的那個月的朔日初一是丙辰朔，用干支推算，從甲乙丙丁子丑寅卯的干支推算下來，甲戌的干支正是九月十九日，是夏曆的九月十九日。這一日，司馬師廢了齊王曹芳。然後在後來十月庚寅，司馬師不好意思直接篡位，他就另立了一個皇帝，他就立了高貴鄉公曹髦。那麼，十月庚寅是哪一天呢？我們可以推算，從甲乙丙丁戊己庚辛子丑寅卯辰巳午未推算下來，從九月的甲戌是九月十九日推算下來，十月庚寅應該是十月初六。因為九月是小曆。《三國志》上記載得很清楚，說「十月乙酉朔」。十月初一是乙酉。所以，九月只有二十九天，庚寅就是十月初六了。

這裡，我講了很多曆法的事情，好像很瑣碎。但是，為了解說阮嗣宗的這首詩，我們一定要做這樣的考證。因為阮嗣宗這首詩中確實指的是當時發生的這件事情。我現在再說一遍，就是在曹魏嘉平六年九月甲戌的那一日，那是夏曆九月十九日，司馬師廢了曹芳，把他廢為齊王。到十月庚寅，就是夏曆十月初六那天，司馬師立了高貴鄉公曹髦。這一段時間正是鶉火星在天中央，正是夏曆九月、十月之交的時候。

阮嗣宗說：「是時鶉火中」，指的是九月、十月之交的時候，「日月正相望」。什麼叫「望」？我們把初一叫做朔日，把十五叫做望日。就是陰曆每月十五月圓的時候是望日。孔安國解釋「望」說：「十五日，日月相望也。」什麼叫日月相望呢？就是太陽的光恰好都照在月亮上，中間沒有地球影子的遮蔽，是滿月，正是日月完全相對的時候。「望」字在這首詩中押的是平聲韻，所以，應讀作「ㄨㄤ」。剛才我說了，曹芳之被廢是在九月十九日，並不是十五日。可是，司馬師之要廢曹芳，他自己先定了謀劃，然後再對太后說，並請太后下詔命廢曹芳。我以前曾經講過，曹芳本來並不是太后所生的兒子，是魏明帝的養子。太后只是名義上的太后，並非曹芳的真正母親，所以，當司馬師向太后提出要廢曹芳的時候，太后就把曹芳廢了。太后正式廢曹芳是九月十九日，然而，司馬師預謀這個計畫，可能是在十五日就已經定謀了，所以就是「日月正相望」。可見，司馬師九月十五定謀要廢曹芳，九月十九實行這個計畫，十月初六另立了曹髦。這一系列事情都發生在九月、十月之交的時候，是「鶉火中」的時候，是「日月正相望」的時候。所以，阮嗣宗在這首詩中表現出的那種諷喻、悲慨的意思，我們是非常明白地可以看見的。他是果然有喻託的，而不是泛泛抒情的作品。這是我們可以確信、確指的。

我在前面曾經說過，阮嗣宗的這首詩在他的八十幾首詠懷詩中，是非常重要的一首詩。因為這首詩裡邊他所慨歎的是當時魏晉之際那一件變亂的史實，它是確實有所指的史實的。在阮嗣宗的詠懷詩中有兩部分，一部分確實影射著當時的歷史上的一些時事。另一部分只是寫阮嗣宗生在那個時代的一般的悲慨，就是「所生不辰」的一般的悲慨，以及在這種「所生不辰」的感受下所形成的一種人生觀，一種感情，一種意念。

阮嗣宗所寫的確實有所指的那部分詩，比如說，我們所講的第四首詠懷詩：「丹青著明誓，永世不相忘。」這第四首詩是他希望司馬氏不要行篡逆的一種祝願，希望司馬氏果然能夠忠於曹魏到底，是一種感情的祝願。還有第六首詠懷詩：「李公悲東門，蘇子狹三河。求仁自得仁，豈復歎咨嗟？」有人解釋這首詩所指的是當時的，像鍾會、成濟這一類人，他們依附司馬氏，並以為是得計的。他們追求權勢，追求利祿，而他們的結果都沒有得到善終，落得被殺死的下場。像這樣的詩，在當時那一段歷史的史實中是確實有所指的，詩是暗中有所喻託的。然而，這樣的詩都沒有像我們現在所講到的這第十二首詩表現得更清楚、更激切，這首詩從一開頭就把我們帶到了一個非常蒼茫的、非常動亂的境界中去了，「徘徊蓬池上，還顧望大梁」。他以戰國時期魏都的大梁影射當時曹魏的都城洛陽，就已經在暗示他所寫的是對當時的朝廷都城所發生的一件事情的悲慨。「綠水揚洪波，曠野莽茫茫。走獸交橫馳，飛鳥相隨翔。」這幾句詩表面上所寫的只是景物，而實際上他所寫的「洪波」，那種洪水橫流，那種曠野的蒼茫，那種走獸的奔馳，以及天空之中鳥雀的飛翔都是表現了一種危亂不安的情形。這種危亂不安不是眼前的景物，是那個時代的危亂不安。尤其是接下來的後面兩句，他寫得就更清楚了：「是時鶉火中，日月正相望。」就在九月、十月之交的時候，鶉火星正在天中央的時候，這個時候，日月恰好完全相望。當時曹魏的權臣司馬師蓄謀廢曹芳，果然就廢了曹芳，並另立了曹髦。這兩句詩，阮嗣宗所指的當時的那一段歷史是非常確切，也非常明顯的。「是時」兩個字說得多麼肯定，「正」字說得多麼確指。當一個人生當這樣的時代，眼看到這時代的危亡、變亂，這種篡逆不臣的現象發生，而無能為力，當然是感慨悲哀了。所以，他說那真是：「朔風厲嚴寒，陰氣下微霜。」

「朔風」是北風，凜冽的寒風。「厲」，動詞，這裡是指增加的強厲，更增加的意思。他說我真是感到那凜冽的北風更增加了嚴寒。「陰氣下微霜」，這種陰寒、陰冷的氣候使得天空上降下來那滿地的寒霜。在九月的季節，天氣已經冷了，已經是露結為霜了，從天上降下的不再是露水，而是寒霜了。阮嗣宗的這兩句，如果從表面上看，說它所寫的是九十月間的景物也未始不可，然而，阮嗣宗的詩是「言在耳目之內，情寄八荒之表」，實在是有很深的含蘊和寄託的。表面上是寫凜冽的北風吹在身體上所感受的寒冷，而實在是寫那個時代給我們的那一份失望、絕望的悲苦的感覺，是那個時代使我們內心之中所感受到的寒冷。

「羈旅無儔匹，俯仰懷哀傷。」我生在這個世界上，像是一個「羈旅」的旅客一樣，「羈」是羈留，指留在異地不能還鄉的旅客，長久地居住在異鄉的旅客。如果你出去在外一天就回來了，像同學們出去旅行，當天就回來了，雖然是「旅」，但絕不是「羈旅」，只有長久在外作客才是「羈旅」。「無儔匹」的「儔匹」是同伴的意思。「匹」本來是說一個匹配的伴侶，一個配偶。「儔」者，同類的人。「儔匹」是指我的知己的朋友、同類的人，我的心同志合的人。有這樣的朋友嗎？沒有的。我生在如此寒冷、黑暗、危亂的時代，好像是一個羈留在他鄉的旅客一樣，沒有一個朋友、伴侶和我在一起。所以，「俯仰懷哀傷」，俯表示低頭，「仰」表示抬頭。無論是我低頭還是抬頭，無論是我的起居言動，無論我怎麼生活，我滿懷的都是哀傷。因為我的遭遇是「朔風厲嚴寒，陰氣下微霜」。而且，我是「羈旅無儔匹」，是如此孤單、如此寞寞、悲苦的一個人。

「小人計其功，君子道其常。」在這樣的環境、時代之中，你應該怎麼樣地生活呢？在一個危亡、變亂的時代之中，你該採取什麼樣的生活態度呢？阮嗣宗說，如果是小人就計其功，計較的是現實的一己私人的利害、得失、成敗、福禍，他沒有道德的觀念、沒有忠義的觀念，只是一份功利的思想，而且非常自私、狹隘。可是，君子就不然了，古人說「富貴不能淫，貧賤不能移，威武不能屈」。因為我們人生有我們一個做人的標準，有一個做人的目的，有在品格感情上的一份持守。無論我們遭遇的時代是一個什麼樣的時代，而我們所遵守的道路是不會變的。所以，「居於仁，行於義」。我所走的路永遠是有一個途徑可以遵循的。因此說：「君子道其常。」「君子道其常」與「小人計其功」是前後相對，「計」是個動詞，「道」也是個動詞。「道」本來是指一條道路，道路是人所遵循的，人所由往的。他說君子所持守的、所遵循的是什麼？是一個做人的常道：「富貴不能淫，貧賤不能移，威武不能屈」。我們做人的道理不能因為外界的變化而改變，應有一個常道的持守。「計其功」跟「道其常」是有出處的。

《荀子》的《天論篇》上說：

> 天有常道矣，地有常數矣，君子有常體矣；君子道其常，而小人計其功。

這段話的意思是說，上天有它上天的一個正常的運行次序，地也有地的運行次序。這就是我們古人所說的皇天后土，說皇天有皇天的秩序，后土也有后土的秩序，而君子也有他正常的持守。君子所遵循的是「常道」，而小人呢？他所計較的是眼前的功利。

「豈惜終憔悴，詠言著斯章。」在這樣的時代，在朔風與嚴寒、陰氣與微霜之中，你如果不趨炎附勢地找到你自己依傍的權勢，也許你真的會在那朔風與嚴寒、陰氣與微霜之中被摧毀了。可是，我寧可被摧毀，我也不肯趨炎附勢，苟且偷生。小人看到朔風嚴寒、陰氣微霜就找一個趨炎附勢的蔭庇依託之所，而君子則不然，君子還是按照他正常的生活態度生活下去。「豈惜終憔悴」，就算我最終終於憔悴了，我終於被那朔風嚴寒摧毀了，我又哪裡顧惜呢？「豈惜」是哪裡吝惜、哪裡顧及的意思。我只要「道其常」，至於是不是憔悴，那不是我所計較的。所以說，「正其誼，不謀其利；明其道，不計其功」。我只考慮我所行的是不是合乎常道，是不是合乎正義，至於我自己的安危、得失不是我所計較的。屈原的《離騷》說：「亦余心之所善兮，雖九死其猶未悔。」只要是我真心認為正當的，該做的事情，那我就算九死都不怕，何況是憔悴呢？所以，阮嗣宗說「豈惜終憔悴」，我哪裡顧及到我自己終於被摧毀、憔悴？我就把我自己的這一份情意，我對於那朔風嚴寒、陰氣微霜、綠水洪波、曠野茫茫、走獸橫馳、飛鳥隨翔的一份時代的危亡、變亂的感受寫下來，把我內心的絕望、悲慨，我在這樣的時代所受到的摧毀、憔悴寫下來，我把這一切都寫下來，「詠言著斯章」。我把它吟成詩，我用言辭表達下來，「著」明在「斯章」，寫在這首詩裡邊。我剛才曾經說過，這是阮嗣宗寫得非常明顯的一首詩，詩中所指的真是當時司馬師廢曹芳、另立曹髦的經過的情形，他把皇帝被任行廢立的情形所感發的時代的悲慨寫到這首詩裡來了，而且是明明白白地寫出來的。

沈約解釋這首詩說：「小人計其功而通，君子道其常而塞，故致憔悴也。」（《文選》李善注引）他說，因為那些小人他們只是計較功利，看起來他們反而都很得意，都很通達、很顯達。君子遵守常道卻遭遇到不幸，而「塞」，而閉塞，反而行不通。「故致憔悴也」，所以，君子就致憔悴了。另外，還有清朝的方東樹評說阮嗣宗的這一首詩，他說：「此詩蓋同淵明述酒，必非惜一己之憔悴也。」他說阮嗣宗的這一首詩的寄託、感慨很深，就好像陶淵明所寫的《述酒詩》一樣。《述酒詩》是陶淵明詩裡邊最難解說、最難了解的一首詩。因為，他在詩中所寓託的一份涵義也是非常深切的。方東樹認為，阮嗣宗的這首詠懷詩所說的憔悴並不一定是指的一己的憔悴，是指的當時那個時代的危亂，不只是寫自己一個人的悲哀，是影射整個社會的悲哀。清朝的陳祚明批評這首詩，說：

> 風霜以喻式微，羈旅以喻寡黨，此計功者所必去，而君臣分義，乃經常不可失也。公如僅以高曠為懷，而甘心憔悴者，何必曰君子道其常乎？

陳祚明認為，阮嗣宗這一首詩裡邊所說的「朔風」、「嚴寒」、「陰氣」、「微霜」是比喻的什麼？「風霜以喻式微。」「式微」本來是出於《詩經》：「式微式微，胡不歸？」（《詩經・邶風・式微》）「式」字在《詩經》裡邊是個語助詞，「微」是說衰微。陳祚明所說的「式微」是指曹魏時代的衰微，說「朔風」、「嚴寒」、「陰氣」、「微霜」都指的是曹魏時代的衰微。「羈旅無疇匹」是比喻「寡黨」。意思是說像他這樣心意的人，要找到志同道合的朋友是沒有的。比喻在當時魏晉之交的那個時代果然存心忠義而想要保全曹魏的人物是很少的，是很難找到的。在這種時代的環境之中，「此計功者所必去」。所以，如果一個人只看到現實的功利，所計較的只是眼前的利益的話，那麼，他「所必去」，他一定會離開這樣的朝廷。因為這樣的朝廷已經「式微」了，你仍然擁護這個朝廷，將來就會沒有前途了。而且，擁護這個朝廷的人很少了，許多人都趨炎附勢了，趨向新朝了，去投奔新的皇室了。然而，君臣的這種名分，君臣的這種節義是一定的，是應該持守的。「乃經常不可失也」。這是做人的一個正常的法則，我們不可以違背。一個人不能只看到眼前的利害，而要看到那義與利之間的分辨，就是正義與利得之間的分辨。《孟子》上說：

> 孟子見梁惠王，王曰：「叟！不遠千里而來，亦將有以利吾國乎？」孟子對曰：「王！何必曰利？亦有仁義而已矣。」
>
> ——《孟子．梁惠王章句上》

古人所說的做人最基本的條件是在於正義，利與義之間要有一個非常明確的辨白，有一種明辨。雖然是曹魏「式微」了，「計功」的人一定會離開，然而，君臣的這種忠義是「經常之道」，是不該離開的，是不該錯過的。後面陳祚明又說：「公如僅以高曠為懷，而甘心憔悴者，何必曰君子道其常乎？」假如阮嗣宗果然是只以高曠為懷的人，果然是一個懷抱非常曠達，鄙棄塵世而自己超凡脫俗，內心非常曠達的一個人，那麼，他何必在這首詩裡說「君子道其常」呢？由此可見，阮嗣宗把君臣之間的那一份忠義，那一份名分是看得非常重的，而不是一般的逍遙、超脫，而只想保全自己的高潔、以曠達為懷的一個名士而已。所以，阮嗣宗說：「豈惜終憔悴，詠言著斯章。」他是有很深的一份寄託的。

炎暑惟茲夏

炎暑惟茲夏，三旬將欲移。
芳樹垂綠葉，青雲自逶迤。
四時更代謝，日月遞差馳。
徘徊空堂上，忉怛莫我知。
願睹卒歡好，不見悲別離。

這第十三首詠懷詩，也是阮嗣宗悲慨非常深的一首詩。

這首詩，從表面上看，寫的只是季節的演變。阮嗣宗說：「炎暑惟茲夏，三旬將欲移。」「炎暑」是說炎熱的夏天。他說天氣只在夏季最炎熱。夏季一般說本來是有三個月。如果我們按照陰曆說，正月、二月、三月是春天，四月、五月、六月是夏天。而四、五、六這三個月裡邊最炎熱的日子實在是六月。所以，這首詩中所說的「炎暑」、「茲夏」應該指的是六月的時候。他說如此炎蒸、暑熱的日子，只有那六月的時候是最炎熱的。但是，那暑熱的六月的三十天很快就會過去的，「三旬將欲移」。十天叫做一旬，「三旬」者就是三十天，一個月就是三十天。三十天炎熱的日子就要過去了，就要轉變了。

「芳樹垂綠葉，青雲自逶迤。」在夏天的時候，有如此美好的樹木。「芳樹」就是美好的樹。我們常常把樹的美好稱作「芳樹」。他說芳樹長得真是這樣的茂盛，「垂綠葉」，它碧綠的枝葉向下垂俯著，一片濃蔭的涼蔭。「青雲自逶迤」，「逶迤」兩個字是斜曲而悠長的樣子。比如像杜甫的《秋興八首》詩裡邊有這樣的詩句：「昆吾御宿自逶迤，紫閣峰陰入渼陂。」「逶迤」是說那條從「昆吾御宿」到「渼陂」的路，是這樣的斜曲長遠的樣子。無論什麼事物，說它是斜曲而長遠的樣子都可用逶迤來形容。阮嗣宗這句詩的意思從字面上看，是說天上的青雲淡淡的、薄薄的，是如此之清爽。關於「青雲」的「青」字，有的版本寫作「清」，有的版本寫作「青」。「清」就是清澈、澄清之意，「青」就是青色的顏色。兩者都是指天上的雲，言其淡薄、清爽的樣子。我們常說的「平步青雲」，就是這個「青雲」二字，是指青天上的雲。「青雲自逶迤」是寫天空上那淡淡的微雲拖長了，斜斜的、長長的，一縷薄雲飄浮的樣子。可是，關於「青雲」兩個字，還有另外一種解說，就是劉履的《選詩補注》上的解說。劉履是元末明初的一個人，他作有《選詩補注》一書，《選詩補注》也對阮嗣宗的這首詠懷詩進行了解說，劉履說：「青雲，綠葉垂蔭之象。」他認為青雲就是綠葉的樹蔭垂俯下來的樣子，綠色的枝葉在我們頭頂上，高高地遮蔽了陽光，好像是一朵綠色的雲彩一樣。我認為，這裡的「青雲」，仍然把它解釋為天上的雲更好。因為上一句詩「芳樹垂綠葉」就已經寫了綠葉了，如果再把「青雲自逶迤」解說成綠葉垂蔭，兩句詩說一件事情，不免過於重複。而且，每當我們說到綠葉垂蔭時，也很少用逶迤來形容。所以，我感覺把「青雲」還是解說為天空上的雲為更好。阮嗣宗說，在炎暑的茲夏，雖然有芳樹綠葉，有青雲逶迤，是很美麗的景物，但是，這短短的三十天很快就要過去了。因此說：「四時更代謝，日月遞差馳。」

「四時」，指春、夏、秋、冬的四季。「更」者，更替輪流。「代謝」者，更迭著消失。「四時更代謝」是說春去夏來，夏去秋來，秋去冬來，冬去又是春來，這樣更代輪流，這樣地消失了。「日月遞差馳。」「遞」者，一個接著一個，一件事接著一件事地層遞。這裡是說天上的太陽和月亮晝夜一個接著一個，一步接著一步地輪轉地出現、再現。「差馳」是相次而奔馳的意思。「差」在這裡讀「ㄘ」的音。近代學者黃節先生注解這句詩說：

> 差馳一作參差，疑馳當作池，參差差池，同為不齊之貌，言日月出沒不齊也。五臣謂差馳，言相次而奔馳也，恐非是。

黃節認為，「差馳」這兩個字也可以寫作「參差」，或者我們還可以寫作「差池」。無論是參差，還是差池，都是不整齊的樣子，「言日月出沒不齊也」。說太陽跟月亮升起來、落下去不整齊。太陽從西邊落下去了，月亮從東邊升上來了；月亮從西邊落下去了，太陽又從東邊升起來了。它們的升降是不整齊的，出沒是不整齊的。《文選》中「五臣」的注解說「差馳」是「言相次而奔馳也」，就是一個接著一個在天上奔馳，太陽跟月亮輪流著、一個接著一個在天上運轉。黃節說：「恐非是。」他認為「五臣」的這種注解恐怕不大正確，應該是不整齊的意思。此外，還有的本子也作「參差」，都同樣解說為不整齊的意思。我認為，黃節的意思比較正確。因為，說「相次奔馳」很少有用「差馳」的，而用「差池」兩個字來表示，就是不整齊的樣子。

阮嗣宗說，當我看到光陰的消失，時間的推移，像屈原的《離騷》所說的，「日月忽其不淹兮，春與秋其代序」，於是，我就發出了一份時間不留、人生苦短無常的悲慨。

「徘徊空堂上，忉怛莫我知。」我這一份悲哀、感慨沒有人了解，我徘徊、徬徨在一個空虛、寂寞的廳堂之上，沒有一個伴侶，沒有一個知己，「羈旅無疇匹」。在當時的那個時代之中，阮嗣宗的一份悲慨沒有方法向別人訴說，而別人也未見得與他有相同的深沉的悲慨。所以，他說我獨自徘徊在空堂之上，「忉怛莫我知」，「忉怛」就是悲傷的意思，是極深切的悲傷。他說我滿懷著深切的悲傷，但是沒有人了解我。《荀子》的《天論》篇上說：「日月遞照，四時代御。」日月相互更迭輪流地照明在世界上，春夏秋冬的四時季節更迭輪流地統治著宇宙，「代」也是更迭輪流之意。「御」者，統治世界、宇宙。那麼，有時是春統治著這個世界，有時是夏，有時是秋，有時是冬，這樣「四時」代謝地運行。光陰就如此地消失了，在日月的推移之中，我「徘徊空堂上，忉怛莫我知」，沒有人了解我這一份悲慨。

「願睹卒歡好，不見悲別離。」我真是這樣深切地盼望著，在這樣短暫無常、四時推移的人世之中，能夠看到人類的感情保持始終如一、永不改變，這樣一份快樂、美好的感情，一種互相歡愛要好的感情。我「願睹」，我這樣深切地希望我能夠看見「卒歡好」，我們從始至終能夠首尾地保全我們彼此的一份歡愛、一份要好的感情。「不見悲別離」，我不要看到人世之間有這樣不幸的悲哀別離的事情發生。

如果從表面上看，阮嗣宗這首詩所寫的是炎熱的日子並不多。炎熱代表什麼呢？代表感情的溫暖、熱情，代表興盛，代表旺盛。他說那旺盛的日子，有著這樣溫暖的熱烈的感情的日子是不久長的，「三旬將欲移」了。雖然眼前有芳樹綠葉，有青雲逶迤，可是，有一天，當夏天消失了，秋天來到了，像班婕妤的《團扇歌》所說的「常恐秋節至，涼風奪炎熱」了。

有一天，秋天來了，就把那夏天的炎熱都趕走了。有一天，一個人的感情改變了，就把他當年的熱情都消失了。所以，「四時更代謝，日月遞差馳」。我真是有這樣一份變化推移的恐懼。「徘徊空堂上，忉怛莫我知。」沒有人知道我對這種變化無常的恐懼，我真是盼望宇宙之間再也沒有這樣變化無常的事情發生，希望一切都是可以把握的，都是可以信賴的，世界上人與人之間歡樂美好的感情都是始終如一的，再也不要看見有悲哀別離的事情。阮嗣宗這一份感情、願望當然是寫得很深切的。可是，他所寫的只是這樣一份泛泛的感情、願望嗎？只是一般人對於這無常變幻的悲慨嗎？在阮嗣宗來說，很可能不僅是如此的，而有另外的悲慨，就如同我們所講的上一首詩中「是時鶉火中，日月正相望」一樣，光是寫九月、十月的季節嗎？不是的，是在九月、十月之間所發生的事情，是在曹魏的嘉平六年曹芳被廢的事情。因此，這首詩他所寫的也應該不僅是普通的泛泛的對這樣無常推移的悲慨而已，他是有所指的。指的是什麼事情呢？

陳沆的《詩比興箋》以為：

《魏志》：甘露五年，六月甲寅，司馬昭立常道鄉公，改元景元。在月之三日，故首云「炎暑惟茲夏，三旬將欲移」也。又以成功之去，比運祚之移，而曰「願睹卒歡好，不見悲別離」。危其復為齊王、高貴鄉公之續也。

陳沆說，這首詩指的是曹魏的甘露五年的時候，司馬昭把國君曹髦殺死了。我在講到前一首詩的時候曾經講到過，在曹魏的嘉平（曹芳年號）六年，那是西元二五四年，司馬師把曹芳廢了，立了高貴鄉公曹髦。現在，陳沆說的是曹魏的甘露五年，是西元二六〇年。從司馬師廢曹芳而另立曹髦到司馬昭殺曹髦僅有六年之久。這是什麼時候？這個時候曹魏又發生了一件重要的事情，就是國君曹髦被殺死了。六年前，司馬師廢了曹芳立了曹髦，六年後，司馬師的弟弟司馬昭殺死了曹髦，另立了常道鄉公曹奐。我們看一看，當時的曹魏這幾個君主，他們的廢立真是由人了。所以，阮嗣宗很悲哀地寫下了這首詩。陳沆說，這首詩指的就是這件歷史事實：

「危其復為齊王、高貴鄉公之續也。」他說我真是希望這一次你們之間的感情能夠保持始終到底，如此之歡愛、如此之美好。意思是說，希望司馬昭所立的常道鄉公曹奐不再像從前的曹魏的君主曹芳一樣被廢，更不要像曹髦一樣被殺死。所以，「願睹卒歡好，不見悲別離」。這首詩的慨歎是非常深切的，不是只像一般人的泛泛地指人生的幻變無常而已。

阮嗣宗的詩有一個好處，就是：他一方面當然地反映了當時他所生的那個時代的歷史，像這首詩所寫的曹芳被廢，曹髦被立，而後曹髦又被殺，曹奐又被立，這樣真真切切的歷史。另一方面，阮嗣宗的詩更大的好處實在不僅止於他反映了當時的那個時代，在史實上他有一份喻託、諷刺的深意而已，而是他在感情上真是寫到了古今永遠不變的一份人類心靈深處的感情，這才是阮嗣宗這個詩人真正偉大的地方。

我這樣說，也許說得不夠清楚。就是說，在我們中國古代詩人之中，有一些詩人，他是一個很好的詩人，很偉大的詩人，他真是反映了那一個時代！如果我們說每個時代有每個時代的面目，或者說每一個人的生平遭遇有他那個生平遭遇的輪廓，他生平所過的生活曲線的輪廓，那麼，有一些詩人，他確實把那個時代的面目或者是他本身遭遇的那個曲線的輪廓反映出來了。如果說感情像一個沒有定型的模子一樣，當把那個時代的面目或者是自己個人遭遇的曲線輪廓，果然像一個雕刻物一樣是可以印出來的。這些詩人，以他的感情跟那個時代的面目、個人的曲線輪廓相接觸的時候，他這個感情的模型就很鮮明地印出來了一個時代面目的影子和一個自己遭遇的曲線輪廓。這當然是很好的詩人了，他真是反映了一個時代，真是表現了自己的生活。然而，更好的詩人，更偉大的詩人還在於他透過那時代的面目之外（不錯的，他是反映了那個時代），他果然有他一份很真切的生活體現在其中，使我們透過那個時代的面目所印出來的那個影像輪廓之外，能夠更深一步地向裡邊去探求，探觸到他生命感情的深處，有一份最深切的情意，而這一份情意是不被時代所局限的，是千古人心之所固然的。這是最偉大的詩人。如果以此來作為衡量尺寸的話，我以為，在魏晉時代的這些詩人裡邊，阮嗣宗是最好的一個詩人。

當然，曹魏的時候，還有一個很出名的詩人就是曹子建。我想大家都知道這個詩人。說是「陳王有八斗之才」。像曹子建的《贈白馬王彪》就是很好的詩，真是把當時曹子建的那一份生活遭遇如此生動、真切地反映出來了。曹子建當時所遭遇到的是一個兄弟（曹彰）被殺死了，還有一個兄弟是曹彪，就是白馬王曹彪。當時，曹丕讓有司干涉他們，不讓他們兄弟同路行走。這種生離死別的悲哀，他與他的弟兄一個是死別，一個是生離，在這種生離死別的悲哀之中所寫的詩當然是很動人的。然而，曹子建所寫的《贈白馬王彪》只是屬於他自己的一份遭遇，是他自己所遭遇的那一份曲線輪廓生動、真切的反映，而不是我們所有人類生命心靈深處共同的一份感情。

我這樣說，可能說得還不夠清楚，我要再舉一個例證，就是《人間詞話》。王國維的《人間詞話》曾經批評了兩個人的詞，一個就是宋徽宗（趙佶）。宋徽宗有一首詞，叫做《燕山亭》。《燕山亭》是詞牌子，這首詞的題目是《北行見杏花》。它是宋徽宗被俘擄到北方去，他在被俘的旅途之中看到杏花開了所寫的一首詞：

裁剪冰綃，輕疊數重，淡著胭脂勻注。新樣靚妝，豔溢香融，羞殺蕊珠宮女。易得凋零，更多少無情風雨。愁苦。問院落淒涼，幾番春暮。憑寄離恨重重，這雙燕，何曾會人言語。天遙地遠，萬水千山，知他故宮何處。怎不思量，除夢裡有時曾去。無據。和夢也新

——趙佶《燕山亭．北行見杏花》

來不做。

王國維的《人間詞話》說宋徽宗的這首詞不過是「自道身世之感」，不過是僅止於自己說出他一己身世遭遇的這種感慨、悲哀而已。王國維又說到另外一個詞人。他說「後主儼有釋迦、基督擔荷人類罪惡之意」。差別在哪裡？道君皇帝宋徽宗所寫的只是自己個人的遭遇，而李後主所寫的悲慨是觸及到所有的人類生命感情深處的一份感情。阮嗣宗的詩也是如此，他除了反映時代、他一己的遭遇之外，他還寫出了所有人類生命心靈深處的一份共同的感情。像這一份感情，說是「願睹卒歡好」，我「不見悲別離」。這是多麼深切的一份祝願，它是人心之所共同的一份祝願。

灼灼西隤日

灼灼西隤日，餘光照我衣。
迴風吹四壁，寒鳥相因依。
周周尚銜羽，蛩蛩亦念飢。
如何當路子，磬折忘所歸？
豈為夸譽名，憔悴使心悲？
寧與燕雀翔，不隨黃鵠飛。
黃鵠遊四海，中路將安歸？

「磬折忘所歸」的「忘」字本來有兩種讀音，可以讀平聲，念「ㄨㄤ」，也可以讀仄聲，念「ㄨㄤˋ」。如果是在近體詩中，像律詩、絕句的一句詩的最後一個字，那麼，就要看押的是什麼韻，因為近體詩有很嚴格的平仄格律限制。押平聲韻就念「ㄨㄤ」，押仄聲韻就念「ㄨㄤˋ」。現在這個「忘」字是在詠懷詩中，是古詩的體裁，而且也不是押韻的韻字，所以，念平聲、仄聲都可以。在口語中，我們常讀作「ㄨㄤˋ」。但在詩中，常常讀詩的人有一種很自然的感受，覺得把這個字讀平聲更好一點。

阮嗣宗的詠懷詩真是「言在耳目之內，情寄八荒之表」，實在是寫得極好。這一首詩也是感慨極深的。

「灼灼西隤日，餘光照我衣。」「灼灼」兩個字本來是說火燒得很灼熱的樣子。當火燒得很旺的時候，就會發出火光，發出明亮的光彩。所以，「灼灼」有的時候也當作光華外射的樣子講。由此引申為紅顏色，用於形容花的顏色很鮮豔，我們常說「火紅的花」，就是由紅顏色聯想到火，是這樣的鮮明，這樣的鮮豔。因此，描寫花的時候也常用「灼灼」兩個字。比如說《詩經》的《桃夭》篇中說：「桃之夭夭，灼灼其華。」這裡的「灼灼」兩個字就是形容桃花的顏色之鮮美。那麼，阮嗣宗所說的「灼灼西隤日」的「灼灼」應該是什麼意思呢？我認為，「灼灼」是寫那個西斜的落日的光色。元微之曾經給杜甫寫過一個墓誌銘，題目叫《唐故工部員外郎杜君墓誌銘》，在文章後面附錄著杜甫的三首詩，是《羌村三首》，其中第一首的第一句是「崢嶸赤雲西」，就是寫落日西斜的時候，西天上那一片晚霞的樣子。杜甫說那是「赤雲」，是當落日西斜的時候，那西天上一片彩霞的紅色的光曜。所以，「灼灼」是寫那西斜的落日的光輝光芒四射，寫得非常好。有的時候，當太陽日正中天的時候，我們反而覺得它的形狀比較小，顏色比較淡。可是，當落日西斜的時候，它的形狀顯得更大了，顏色也更紅了，給我們那種光彩鮮明的感覺更強了、更深了。然而，可惜的是「夕陽無限好，只是近黃昏」。它現在畢竟是「西隤」了。「隤」同頹，這裡是下墜的樣子，向下降落的樣子。儘管是「夕陽無限好」，儘管是這樣血紅的顏色，但是，無可奈何，它畢竟是落日西斜了。阮嗣宗要寫「西隤」的落日，要寫將要向西方沉沒的一輪落日，但他不寫落日光彩的暗淡，反而寫落日光彩的鮮明，所以說，阮嗣宗寫得是極好的，那一份讓我們懷戀的，如此深切的一種感觸。「餘光照我衣」，它雖然是逐漸地西斜沉沒了，但是，它畢竟還有一些殘餘的光芒照在我的衣襟上。「灼灼西隤日」寫了詩人對於那西斜的落日的光芒之留戀、賞愛，而「餘光照我衣」又寫出那西斜的落日好像對詩人也未免有情的樣子。所以，詩人把「西隤日」用「灼灼」來形容，「餘光」還「照我衣」，「我衣」兩個字用得何其親切。李白曾經寫過一首詩，說「浮雲遊子意，落日故人情」（《送友人》）。那「落日」真是「故人情」。阮嗣宗說「餘光照我衣」，真是寫得如此之令人懷念的樣子。

關於這首詩，除了我們只是從字面上這樣解說，說阮嗣宗實在是把西斜的落日光景寫得很好，寫出了詩人對落日的懷念，寫出了落日使詩人感到是如此之多情。另外，這兩句詩很可能還有一些更深的意思、涵義在其中。《昭明文選》「五臣」的注解中，張銑就這樣說：

頹日，喻魏也，尚有餘德及人。迴風喻晉武，四壁喻大臣，寒鳥喻小臣也。

張銑認為，這西斜的沉沒的落日實在就是比喻那已經走向危亡途徑的曹魏的那個時代、那個朝代，「尚有餘德及人」。可是，還說它「餘光照我衣」，而且還用「灼灼」來形容它。曹魏雖然是已經顯露了一種危亡的徵象，可是，它仍然有著一些殘餘下來的使人懷戀的一種恩德。當然，一般說起來，一個做臣子的，尤其在古代這種君國封建的社會思想中，怎麼能夠不懷戀他舊日的朝代和君主呢？雖然現在曹魏並沒有滅亡，但是，它畢竟已經呈現了一種如同西斜的落日的危亡、傾覆的徵兆了，這真是使人感慨、使人懷戀。那麼，隨著落日的西斜，日光的溫暖也就逐漸消失了，於是乎寒風四起了：

「迴風吹四壁，寒鳥相因依。」「迴風」是旋風，迴旋的風。那種盤旋急驟的風，有時捲地而起，打著旋兒吹得非常強勁。他說，於是乎，「迴風吹四壁」，有這種寒冷的、迴旋的風急驟而吹起，它吹動了四方的牆壁。為什麼說「吹四壁」呢？「四壁」就是四方的意思，沒有一個地方不在那迴風的吹掃之下，到處都在迴風捲掃之中，都在迴風所掃捲過去之後的寒冷吹拂之下，所以說，「迴風吹四壁」。那麼，落日已經西斜，寒風已經吹起，在這樣的情景之中，那些有生之物是怎麼樣的感覺呢？他說「寒鳥相因依」。

所謂「寒鳥相因依」是說在如此寒冷的冷風之中，那種瑟縮的禽鳥，即「寒鳥」，它們就「相因依」。「寒鳥」者是說在凜冽的寒風之中瑟縮地苟且求生的這樣的禽鳥，這樣的生物。「相因依」就是相依的意思，互相親就，互相依靠的樣子。這些個在迴旋的寒風之中苟且求生的群鳥，它們就在那裡互相找一個依傍之所，彼此相互依賴、互相依託，要尋找到一個依賴的對象。所以說，「迴風吹四壁」，就「寒鳥相因依」。

開頭的這四句詩，如果是當作寫景來看，他寫的「西隤日」、「餘興」、「迴風」、「寒鳥」，都寫得非常真切。以寫景而論，也是寫得很好的。可是，我曾經說過，阮嗣宗的詩往往在其中有更深的涵義，是「言在耳目之內，情寄八荒之表」。我剛才已經說過，「西隤日」在《文選》「五臣」的注解中是指曹魏，那麼，「迴風吹四壁，寒鳥相因依」這兩句詩指的是什麼呢？張銑說：「迴風喻晉武，四壁喻大臣，寒鳥喻小臣也。」他說「迴風」指的就是晉武帝，「四壁」比喻的是這些大臣，「寒鳥」比喻的是這些小臣。我認為，張銑也未免解釋得太拘執了一點。就是說，在當時，當晉武帝如此之當權執政的時候，他那種強大的勢力足可以左右、足可以逼迫朝廷上的眾臣。如果我們一定要說「迴風」是指晉武帝，「四壁」是指大臣，好像未免太拘狹了。它只是表現了在那種時代之中，那種冷風之中，無可逃避的一份感覺。張銑說，「寒鳥」比喻的是小臣。那些卑微的小臣就在這種寒冷、凜冽的威逼之中，互相找一個依託之所。那麼，怎麼樣尋找依託之所呢？

「周周尚銜羽，蛩蛩亦念飢。如何當路子，磬折忘所歸？」他說，這些禽鳥各有牠們的依賴，各有牠們的謀生之所。比如說「周周」尚且知道「銜羽」。「周周」是什麼呢？「周周」是一種鳥名。見於《韓非子》的《說林》：

鳥有周周者，首重而屈尾，將欲飲於河則必顛，乃銜羽而飲。今人之所有飢不足者，不可以不索其羽矣。

「周周」是一種鳥名。這種鳥「首重而屈尾」，牠的頭分量很重，而牠的尾巴是彎曲的。「將欲飲於河則必顛」，牠如果想要到河邊去喝水的時候，需要低下頭去才能喝到水，因為牠的頭分量很重，當一低下頭去喝水就會跌到河裡去。「顛」就是顛覆、跌倒的意思。那麼，牠怎樣才能喝到水而又不至於跌倒呢？「乃銜其羽而飲」。因為牠的尾巴是彎曲的，所以，當牠喝水的時候，為了避免跌到河裡去，就用嘴巴叼著牠自己的尾巴的羽毛，然後再低下頭去喝水。這樣就可以維持牠身體的平衡，就不會跌到河水裡邊去了。「今人之所有飢不足者，不可以不索其羽矣」。這是什麼意思呢？韓非子的意思是說，現在如果有些人自己感到飢餓不足，所謂飢餓不足不只是指飲食，還包括感情、欲望上的飢餓，當你去追求飲食、感情、欲望的時候，你不可以不叼住自己的「尾巴的羽毛」。這是什麼意思？就是你不要只顧去追求滿足你的感情、欲望，而就不顧及到顛仆的危險，你至少應該保持住自己的平衡，不至於跌倒在河中被淹死才對，你哪裡能只顧「喝水」，而把自己的身體都淹沒了，結果生命都死亡了，還有什麼水飲呢？所以說，韓非子的意思是說，人在追求之中，不可以不注意到保全、維持自己的生命，不要以身體的犧牲作為你所追求的欲望之代價。「蛩蛩亦念飢」，「蛩蛩」見於《爾雅》：

> 西方有比肩獸焉，與邛邛岠虛比，為邛邛岠虛齧甘草。即有難，邛邛岠虛負而走。蛩蛩即邛邛岠虛。其名謂之蟨，前足高不得食而善走，一走百里。

這段話見於《爾雅》的《釋地》，也見於《山海經》的《海外北經》。說「西方有比肩獸焉」，西方有兩種野獸，這兩種獸常常是相並在一起的。一種獸叫「比肩獸」，為什麼叫比肩獸呢？因為牠不獨自行走，要「與邛邛岠虛比」，牠一定要跟邛邛岠虛這種獸比肩在一起。「比肩」的「比」字，我們一般通俗的念法都把它念成「ㄅㄧˇ」。其實，這個字有許多念法：可以念平聲，可以念上聲，還可以念去聲。念上聲的時候，是比較、相比較的意思。念去聲呢？是相親近、相接近的意思。這個字在這裡意思是說他們兩個肩並肩地很親近的樣子，實在是應該念去聲，「ㄅㄧˋ」，是比肩獸。《爾雅》上寫的「邛邛」二字，就是相通於阮嗣宗所寫的「蛩蛩」二字。古人凡是字音、形狀相近似的字都可以通用。說比肩獸與邛邛岠虛相並在一起，「為邛邛岠虛齧甘草」。比肩獸專門替邛邛岠虛咬甘草，兩個「人」互相合作。「即有難，邛邛岠虛負而走」。「即」是說假如。假如有了危難的時候，這個邛邛岠虛就可以把比肩獸背在背上而逃走。這裡是說他們兩個「人」互相幫助，比肩獸為邛邛岠虛咬下甘草吃，當遇到危險的時候，邛邛岠虛就背著比肩獸逃走。「邛邛岠虛」就簡稱「蛩蛩」，牠還有一個別名，叫「蟨」。牠為什麼叫比肩獸咬甘草給牠吃呢？因為牠的「前足高不得食而善於走，一走百里」。牠前面的兩條腿太長了，太高了，不能低頭找到食物，所以要比肩獸咬下甘草給牠吃。可是，牠因為腿很長，跑起來跑得很快。「走」就是跑的意思。牠一跑就能到一百里的路途。阮嗣宗說：「蛩蛩亦念飢。」意思是說，蛩蛩這種動物也顧及到自己的飢餓，牠要與另外的一種動物比肩獸互相合作。那麼，「周周尚銜羽，蛩蛩亦念飢」這兩句詩，如果從表面上看起來，是說在危險、困難的時候，我們要找到一點點依託，幫助我們才對。像「周周」在危險之中牠不忘記銜住自己尾巴的羽毛，免得跌倒，有這樣的顧及、顧慮；像「蛩蛩」這種獸要和比肩獸合作才能維持生命，才能找到食物吃。可見，所有的生物在危險、困難之中，牠們都要顧及到自己的生命，而留下一個退身之地。南北朝的詩人沈約解釋阮嗣宗的這首詩時這樣說：

天寒即飛鳥走獸尚知相依，周周銜羽以免顛仆；蛩蛩負蟨以求美草。而當路者知進趨，不念暮歸，所安為者惟夸譽名，故致憔悴而心悲也。

沈約說阮嗣宗這幾句詩是有很深的寓意的，是什麼寓意呢？他說，天在寒冷的時候，在危險、艱難、痛苦的環境之中的時候，即使是一個飛鳥、走獸，不是萬物之靈的人類，牠們還知道要仔細地顧及到如何保全自己呢，所以，一個人處在危亡、變亂的朝代更迭的時候，如何保全自己的生命，如何保全自己品格的清白，這是人生一個非常重要的考驗，也是一個非常重要的課題。沈約說，天寒的時候，飛鳥、走獸尚且知道互相因依，周周這種鳥就「銜羽以免顛仆」，銜住自己尾巴的羽毛以免跌倒，「蛩蛩負蟨以求美草」，蛩蛩就要肩負著蟨來求得牠飲食所需要的甘美的野草。可見，每個人都要有所顧及的，每個人都要為自己留下一個退身保全的地步。所以，接下去阮嗣宗就說了，「如何當路子」，就「磬折忘所歸」了。阮嗣宗寫了當時那些個在政壇上的人物顧前不顧後，只知道追求利祿的情形。

「如何當路子，磬折忘所歸？」那麼，身為一個萬物之靈的人類，他要比那周周、比那蛩蛩真是要聰明多了。周周、蛩蛩雖然在那飢渴、飢餓的逼迫之下，沒有忘記對自己的生命的一份顧念和保全，尋找一個託身立足的地步。作為萬物之靈的人類，為什麼當你們追求利祿的欲望興起在心中的時候，就把一切的危險、一切的事情都忘記了呢？為什麼不顧及到個人的品節、道德，也不顧念到以後的安危、禍福，而只是貪求滿足現在眼前的一點點的利祿？為什麼你們萬物之靈的人類竟然愚蠢到還比不上一隻周周的鳥、一個蛩蛩的獸呢？

阮嗣宗這兩句詩真是寫得非常感慨！

「如何當路子」，為什麼竟然會有這樣的人呢？是誰作為萬物之靈的人還比不上一隻周周鳥一隻蛩蛩獸？阮嗣宗說，是「當路子」。什麼是「當路子」？所謂「當路子」是說正當要路的、處於重要地位的、掌握政權的人，即當路之人。像《孟子》的《公孫丑》這一篇上，公孫丑問孟子說：「夫子當路於齊。」（《孟子・公孫丑章句上》）「夫子」就是指孟老夫子。假如夫子你，能夠在齊國處於一個重要的政治地位，能夠掌握政權，老師你覺得怎麼樣呢？還有《後漢書》的《張綱傳》上說：「豺狼當路，安問狐狸？」這個「當路」是說正當路口。說豺狼正在那大路的路口，擋住了這條路。雖然表面上「當路」兩個字是說在路口擋住了去路，是豺狼當路的意思，可是，我們引申就當作處於重要的地位之意。《古詩十九首》上說：「何不策高足，先據要路津。」（《今日良宴會》）什麼是「要路津」？就是好像正當一個重要的路口一樣，是指在政治上的一個重要的地位，執政掌權的一個要位。阮嗣宗說「如何當路子」，為什麼你們這些追求利祿的在官場之上居於要地、掌握政權的人就「磬折忘所歸」了？什麼叫「磬折」呢？「磬」本來是古代的一種樂器。這個樂器的形狀是曲折的。比如說，我們有一種尺，那種兩條邊互相垂直的呈九十度的角尺，是用來測量直角的尺。這種叫作「磬」的樂器的角度沒有彎曲到九十度，比九十度稍微大一點，也是彎曲的形狀。那麼，「磬折」是什麼形狀呢？當我們的身體鞠躬的時候，把頭、背向前方低下來，表示一種卑微的形狀，表示一種禮節的時候，就叫「磬折」。所以說「磬折」就是垂首彎腰的形狀。阮嗣宗所說的「當路子」的「磬折」是什麼意思呢？是說這些人真是卑躬屈節地去追求名利祿位，是如此地諂媚，如此地卑躬屈節地向人家做出種種卑屈、諂媚的姿態。為了什麼？為了自己的利祿。《昭明文選》的「五臣」之一的李周翰就這樣說：

當路子，喻大臣。皆磬折曲從，以媚晉氏，而忘致君之道。

李周翰認為，「當路子」比喻的是當時朝廷上的大臣。這些大臣「皆磬折曲從，以媚晉氏」。這些當路執政的大臣，他們都這樣卑躬屈節地諂媚，苟且曲意地順從後來晉朝的司馬氏父子、兄弟，向司馬氏討好，雖然在當時，曹魏還沒有被篡，但曹髦老早就說過「司馬昭之心，路人皆知」。現在我們所引證的是李周翰的注解，李周翰是後代的人，他把司馬氏父子、兄弟稱作「晉氏」，是因為司馬氏父子、兄弟後來篡位得了天下，國號就是「晉」，就是晉朝。所以，李周翰說「以媚晉氏」，指的就是司馬氏。李周翰又說這些大臣「而忘致君之道」，而對於自己的國家君主那一份忠義的道理，完全都忘記了。所以說，「磬折」兩個字是表示這種卑微、苟且、諂媚地追求利祿的一種醜態。阮嗣宗說「如何當路子」你們就「磬折忘所歸」？為什麼你們這些在朝執政的人，只知道追求一己的名利、祿位的享受，就這樣的磬折、卑微地做事情，而就忘記了真正做人的那個根本的所在呢？《論語・學而》上說：「孝弟也者，其為仁之本與！」你就忘了你做人的歸依和根本了嗎？

關於阮嗣宗的這兩句詩還有另外的解釋。近代學者黃節的《阮步兵詠懷詩注》中注解這兩句詩說：

曹植《箜篌引》曰：「謙謙君子德，磬折欲何求？」《左傳》：「雖有絲麻，無棄菅蒯；雖有姬姜，無棄蕉萃。」詩蓋言易姓之際，當路仕者雖磬折忘歸，而終不免於被棄之悲耳！

黃節先生引用曹植的《箜篌引》中的詩句：「謙謙君子德，磬折欲何求？」說謙謙是君子的美德，這種磬折的卑微、諂媚的姿態是想要求什麼呢？果然是以它為謙謙的君子之德嗎？還是以這種磬折的姿態而有什麼利祿上的貪求呢？黃節先生又引《左傳》中的話說，「雖有絲麻，無棄菅蒯；雖有姬姜，無棄蕉萃」。這是什麼意思呢？他說：「詩蓋言易姓之際，當路仕者雖磬折忘歸，而終不免被棄之悲耳」。「易姓」就是朝代更換的意思。古代的朝代總是家天下，天下只傳給他一家的人。所以，一個朝代就是一姓。比如說唐朝是李姓，宋朝是趙姓。「易姓」就是指朝代的改變。黃節先生說，阮嗣宗這首詩是在朝代更迭改變的時候，那些個當路仕的人磬折忘歸。他們雖然是磬折、卑微地忘記了自己做人的本分，然而，結果怎麼樣呢？「終不免於被棄之悲耳」！結果他們終於不免於被那個新朝的人給拋棄了，落得的下場往往是非常不幸的，就像「李公悲東門，蘇子狹三河」，追求利祿的下場是招來殺身之禍。當時，輔佐司馬氏篡逆的那些人並沒有能夠得到美好的下場，像成濟、鍾會這些人，豈不是被司馬氏殺死了嗎？

如果按照這樣所講的來理解「忘所歸」三個字就有兩重意思：一是說這些人忘記了做人的根本，像李周翰所說的所謂的「致君之道」；一是說這些人忘記了他自己的最後的下場——就是說你的歸宿是什麼，你沒有想到自己的歸宿會落到非常不幸的下場嗎？你沒有想到你現在雖然是諂媚、苟且地事奉新朝，而將來有一天新朝要棄絕你嗎？像成濟、鍾會這些人後來都落到不幸的下場，還不是都被殺死了嗎？

「豈為夸譽名，憔悴使心悲？」「夸譽名」的「夸」是浮誇、誇大的意思。「譽」就是名譽的意思。《昭明文選》「五臣」的本子解釋說「譽」字作「與」，是「豈為夸與名」。那麼「夸譽名」是什麼意思呢？《呂氏春秋》中這樣說：

古之人有不肯富貴者，由重生故也，非夸以名也，為其實也。

說古代的那些人，有的不肯追求富貴，為什麼不肯追求富貴？「由重生故也」。因為他看重自己生命的緣故。他看到富貴利祿場中，是如同虎口一樣的危險，所以，他不肯求富貴，為的是保全自己的生命。「非夸以名也，為其實也」。不是要誇自己的一個虛名，不是為了一個清高的虛名，是為了保全自己生命的真正現實的利害。「憔悴使心悲」，你應該離開富貴，棄絕富貴。為什麼要棄絕富貴？「豈為夸譽名？」哪裡是為的一個清高的名譽而已呢？是為了什麼呢？為的是「憔悴使心悲」。為了「磬折忘所歸」，落到憔悴不幸的下場才是使你內心悲哀的。所以說，這兩句詩與上面兩句詩是整個相反地轉折過去的。也就是說，「如何當路子，磬折忘所歸」是一種人，「豈為夸譽名，憔悴使心悲」又是一種人。這兩種人是完全相反的。我之不肯苟且地學那些當路子磬折忘歸，哪裡是為了一個誇大美好的聲名，而只是為的這一份憔悴使我悲哀。「憔悴」在阮嗣宗的這句詩中有兩重意思：一重意思是說現在的時代，「迴風吹四壁」，真是憔悴使我悲哀；一重意思是「磬折忘所歸」的下場，那種憔悴不幸的下場，真是使我悲哀。

「寧與燕雀翔，不隨黃鵠飛。」這兩句詩是承接「豈為夸譽名」的一種人來說的，和「磬折忘所歸」的那種人是相反的。這首詩中作者多次運用轉折的方法，而且這種轉折都是很微妙的，就是採用突然性的轉折，猛然地扭轉，而在詩的意思上卻渾然一體，不露痕跡。古人有一些很好的詩，它的轉折往往都是這樣：不是有層次地，一句一句地，一步一步地，慢慢地轉下來，而真是神來之筆——一片精神的運行，是詩人感情精神的活動。當詩人的感情感受到這裡，精神運行到這裡，就自然轉到了這裡，自然就轉過來了。像陶淵明的一些很好的詩，往往就有類似這樣的筆墨。如《詠貧士》詩：

萬族各有託，孤雲獨無依。
曖曖空中滅，何時見餘暉。
朝霞開宿霧，眾鳥相與飛。

遲遲出林翮，未夕復來歸。
量力守故轍，豈不寒與飢？
知音苟不存，已矣何所悲。

陶淵明開頭四句本來說的是雲，忽然間下面又說起鳥來了，由雲一轉就轉到鳥。他說有一隻鳥，牠出林比大家都晚，而飛回來比大家都早。然後，又由這隻鳥再轉到人。他由天上的雲轉到林間的鳥，又轉到世間的人。這種轉折真是非常自然。因為這種轉折完全是一種個人的精神感情的轉折，而不是斤斤計較在字句之上的，一步一步地有層次、有痕跡地轉折下來的。不像白居易寫的《長恨歌》，從「漢皇重色思傾國，御宇多年求不得」寫起，然後一直寫到「楊家有女初長成，養在深閨人未識」。又寫她被召入宮，「回眸一笑百媚生，六宮粉黛無顏色」。寫到「漁陽鼙鼓動地來，驚破霓裳羽衣曲」。不是這樣很明顯地把轉折的痕跡一步一步有層次、脈絡、線索地寫下來，而完全是精神感情的運行。所以，你從表面上看起來，覺得很難懂，很難理解。但很多好詩都是如此的，而且，這一類好詩我以為都不是為人之作，而是為己之作。什麼叫為人之作呢？像白居易所說的，他說我的詩要「老嫗都解」，我要念給老太婆聽，她都可以聽懂。白居易說：「文章合為時而著，歌詩合為事而作。」（《與元九書》）我的文章、詩歌都是有其實用價值的，本來就是要為那個時代、為那個事情而寫作的。可是，阮嗣宗的這些詠懷詩，為什麼他寫得這樣委婉、曲折？為什麼這樣含蓄、幽深，而不明白地說出來呢？為什麼「言在耳目之內，情寄八荒之表」呢？我在講阮嗣宗的生平時已經講了，歷史上記載著說，阮嗣宗這個人「口不臧否人物」，可見，他是何等含蓄，何等韜光養晦。阮嗣宗是並不希望別人看懂的。如果別人看懂了，對他反而不利了。如果果然讓當時的司馬氏等人看出來他詩中有這樣深切的這種對司馬氏的譏諷的言辭，阮嗣宗早已性命不保了。而陶淵明那一種隱居的深意也不是求人了解、求人知道的。所以說，這些詩人，像陶淵明的一些詩，像阮嗣宗的這些詠懷詩真是為己之作。什麼叫為己之作呢？是因為他自己果然內心之中有這樣一種感情不得不發洩，而就形之於詩了。不是為了寫出來給人家看，求別人了解，不是的；也不是以這樣的詩歌來標榜，求得別人的讚美，不是的。這本來不是為人之作，而是為己之作。所以，有些人看不懂，那是當然的了，你如果不設身處地地站在阮嗣宗寫作時候的那一份環境、感情去體會，怎麼能知道他的詩裡邊的一份深意呢？他本來就不是寫給你看的。

因此說，阮嗣宗這首詩的轉折就很微妙，從「灼灼西隤日，餘光照我衣。迴風吹四壁，寒鳥相因依。周周尚銜羽，蛩蛩亦念飢」，一下子就跳到「如何當路子，磬折忘所歸」？然後又轉回來，說我之不肯磬折忘歸，不是為了「夸譽名」，「豈為夸譽名」，只是為了「憔悴使心悲」。為那時代的憔悴，為「磬折忘所歸」的下場，使我悲哀。因此說「寧與燕雀翔，不隨黃鵠飛」。「黃鵠」是一種很大的鳥。《楚辭》的《卜居》篇上說：「寧與黃鵠比翼乎？」意思是你寧願與黃鵠鳥比翼齊飛嗎？洪興祖的《楚辭補注》中引用顏師古的注解說：「黃鵠，大鳥，一舉千里。」阮嗣宗這兩句詩的意思是說，我寧可與燕雀在一起飛翔，因為燕雀是很平凡的鳥，而我也不要隨那黃鵠一同高飛。南北朝時期沈約解釋這兩句詩說：

若斯人者不念己之短翮，不隨燕雀為侶，而欲與黃鵠比遊。黃鵠一舉沖天，翺翔四海，短翮追而不逮，將安歸乎？為其計者，宜與燕雀相隨，不宜與黃鵠齊飛。

沈約的意思是說，一個人真是應該安貧守拙。陶淵明的《歸園田居》這樣寫道：

少無適俗韻，性本愛丘山。
誤入塵網中，一去三十年。
羈鳥戀舊林，池魚思故淵。
開荒南野際，守拙歸園田。
……

陶淵明的意思是說，我本來不是屬於那些急功近利的、在利祿場中競爭的人物，我願意守住我一份笨拙的本分，應該守拙。如果你不肯守拙的話，你本來沒有像黃鵠那樣高飛遠舉的大翅膀，而你要學黃鵠的飛翔，不肯安於自己這種短小的翅膀，你將來一定會迷失方向或者墜落的。所以說，一個人應該守拙安分，而不應該妄自追求富貴顯達。

我們接著講沈約對這兩句詩的解釋：沈約的說法是一直從「當路子」這裡說下來的。沈約認為，「當路子」這樣磬折、卑微，向人奉迎、苟且，而就忘記了他終生歸宿的一個下場。這樣的「當路子」，他豈不是只為了誇耀自己的這種虛浮的功名祿位嗎？結果落到憔悴而使人心悲嗎？沈約說「若斯人者」，像這樣的人，「不念己之短翮」，沒有想到自己的翅膀很短，不能夠飛得很遠，就是說自己的能力不夠，不能夠在富貴利祿上求得成功，不甘心過這種卑微的生活，「不隨燕雀為侶，而欲與黃鵠比遊」，而想要跟黃鵠一樣地高飛遠走。那麼結果是「黃鵠一舉沖天，翺翔四海」了，而翅膀短的人追而不及，將來他何所歸依呢？沈約的意思是說，這些「當路子」應該甘心過貧賤、卑微的生活，而不應該去追求那些名利祿位。追求名利祿位的結果也許讓你反而迷失、找不到下場了。如果我們按照沈約的這種解釋，就可以理解為，一般人寧可安於貧賤、卑微，好像是一隻鳥與燕雀在一起做卑微、平凡地飛翔，而不要羨慕那些顯達名利的祿位，不要追隨黃鵠。如果你追隨黃鵠，追隨名利祿位，想要像黃鵠一樣高飛，過顯赫的生活，結果只能是中路迷失，到那時，你將何所歸呢？

可是，在我們中國傳統的詩文觀念中，我們往往都不把這個黃鵠當作富貴利祿的象徵，而把黃鵠當作那種高飛遠舉的志意。這是一般傳統的觀念。如果按照沈約的說法，把黃鵠比作追求名利祿位，那麼，這樣的看法是與我們一般傳統的對於黃鵠鳥的觀念不十分相合的。因此，我以為是不是可以把這幾句詩解釋成另外一個意思：

就是說，阮嗣宗這幾句詩他真是一片神行，像剛才我所講到的，如果陶淵明從孤雲寫到飛鳥，又從飛鳥寫到貧士，他那種精神的跳躍，不是從外表的形跡、字跡可以找到線索的。那麼，我這樣說的意思是什麼？我的意思是說，這首詩後面的四句，阮嗣宗是有另外的意思。他前面說的是「當路子」：「如何當路子，磬折忘所歸？豈為夸譽名，憔悴使心悲？」說為什麼那些當路執政的人，他們只顧這樣磬折、卑微地奉迎、苟且地做這樣的事情，而就忘記了自己的歸宿、下場。我之不肯學當路子，哪裡是為了一個清高的名聲，只是因為那些當路子下場之憔悴使我心悲。那麼，我要過什麼樣的生活呢？「寧與燕雀翔」，我寧可做一個最平凡的人，只要能夠保全過這種安定的生活，我寧願與燕雀一同飛翔。「不隨黃鵠飛」，我不存什麼高飛遠舉的志願。對「黃鵠飛」，在這裡不一定像沈約所說的非要當作「當路子」來講，而把「黃鵠」解釋成另一種人——真是高飛遠舉，有遠大志向，想要做一番不平凡的事業的人。阮嗣宗說，在這樣的時代，我怎麼敢存有這樣的志願和理想呢？我不肯做「當路子」磬折忘歸，我也不敢學黃鵠的高飛遠舉，我敢存什麼樣的偉大志意懷抱？我不敢存這樣偉大的志意懷抱。我只是甘心做一個最平凡的人，過安定的生活就滿足了。我以為，這樣講，黃鵠還是代表一種高飛遠舉的偉大志意。

「黃鵠遊四海，中路將安歸？」如果我們要想像黃鵠一樣有這種高飛遠舉的志向，要想完成這樣偉大的事業，是需要有一個安寧的社會客觀條件的。然而，在這個危亂、動盪的時代是不允許我們實現這種懷抱的，那麼，我們中途迷失了、失敗了，我們將要何所歸往呢？

所以，我以為，黃鵠在傳統觀念上都是把它當成好的解釋，不是當作壞的意思，如果像沈約所說的，把它指作那些追求富貴利祿而忘所歸的人，這不合乎中國傳統的觀念。我認為，阮嗣宗在這首詩中表示了兩個意思：一個意思是說我不肯學「當路子」之磬折忘歸；另一意思是說我也不敢學黃鵠的高飛遠舉。那我要做什麼呢？我只要做一個燕雀一樣的平凡的人就是了。

我以為這樣講、這樣理解才應該是阮嗣宗所要表達的意思。當然，這已經是前人已往了，真是心事幽微了。我們不可能把阮嗣宗起九泉而問之，這只是我們後人讀者的一份聯想、一份推測而已了。

獨坐空堂上

獨坐空堂上，誰可與歡者？
出門臨永路，不見行車馬。
登高望九州，悠悠分曠野。
孤鳥西北飛，離獸東南下。
日暮思親友，晤言用自寫。

在講解阮嗣宗的這首詠懷詩之前，我先要說明一下這首詩的押韻問題。

在古詩中，有一些韻字古人讀的時候是押韻的，而我們現在讀起來就不押韻了，為什麼呢？因為古今的讀音不完全相同了，有些字的語音發生了變化。現在，平時我們講話，只要用現代漢語的語音來說就可以了，不必考慮古人的讀音是什麼。可是，現在我們所讀的是古人寫的詩，情況就不然了。詩是一種美文，它的讀音和詩所要表達的內容、情感之間有很重要的關係。我們雖然不是古人，不能夠讀出和古人完全一樣的聲音，但是，我還是希望我們能夠讀出一種與古人讀詩相近似的語音來，這樣，我們可以從中體會古詩中所表達的情調。阮嗣宗的這首詠懷詩應該押的是上聲的「馬」韻。所以，這首詩的韻腳的字都是上聲的字，都是「ㄚˇ」，就是以「馬」韻的「ㄚˇ」上聲收韻。「誰可與歡者」的「者」字，我們平時念「ㄓㄜˇ」，如果讀「ㄓㄜˇ」的話，就與後面的「不見行車馬」的「馬」字不押韻了。古人讀「者」字，不發「ㄓㄜˇ」的音，而讀與「馬」相近的音，念成「ㄓㄚˇ」。當然，我現在讀的古音只是與古人的讀音相近似，只是說「大概」，是原則如此的。我們現在讀這首詩，「與歡者」的「者」字，「行車馬」的「馬」字，「分曠野」的「野」字，「用自寫」的「寫」字，它們念起來並不諧和，像不押韻一樣。可是，古人讀「者」、「馬」、「野」、「寫」這些字是押韻的。按照古音的讀音原則、原理推起來的話，「者」字應該念「ㄓㄚˇ」，「馬」字應該念「ㄇㄚˇ」，「野」字應該念「ㄧㄚˇ」，「寫」字應該念「ㄒㄧㄚˇ」。我順便說明：這些不同的聲音，會給人一種不同的感受。這個「馬」字的聲音，寫得非常蒼涼，非常高亢，激昂，是一種感慨、蒼涼的聲調。陳子昂的《登幽州台歌》，寫那一份古今蒼茫、天地遼闊的悲慨，用的也是上聲的「馬」韻。陳子昂說：

前不見古人，後不見來者。
念天地之悠悠，獨愴然而涕下。

真是今古蒼茫那一份寥落的悲慨。

阮嗣宗說：「獨坐空堂上，誰可與歡者？」我真是如此地孤獨、寂寞地坐在一座空堂之上，誰是可以跟我一同說話、歡笑的人呢？這一首詩是阮嗣宗寫那一份寂寞的感覺寫得最好的一首詩。吳淇批評這首詩曾經說過這樣的話：

吾非斯人之徒而誰與，乃獨坐空堂上，無人焉；出門臨永路，無人焉；登高望九州，無人焉。所見惟鳥飛獸下耳。其寫無人處可謂盡情。

阮嗣宗這首詩寫那種無人的感覺，真的沒有人嗎？沒有一個可以談論的人，沒有一個可以挽回這個時代的人。真是這樣的蒼涼、遼闊、寂寞、悲哀。到處都沒有人：「堂上」沒有人，「出門臨永路」，路上沒有人，登高望九州也沒有人，什麼都沒有，到處都沒有一個人的影子。這是何等的時代！所以說，這首詩是阮嗣宗寫得極深切的一首詩。他說我「獨坐空堂上」，真是「誰可與歡者」？誰是跟我一同談論、歡笑的人呢？沒有這樣一個人。那空堂之上是一座空堂，沒有一個人跟我一同歡樂，於是，我就離開了我所坐的空堂。

「出門臨永路，不見行車馬。」我就走出門去，面對著那長長的大路。「永」者是長的意思，如此遙長的道路。道路不是行人、車馬往來經過的地方嗎？可是，他說當我「出門臨永路」的時候，「不見行車馬」。我居然看不見路上有車馬往來，不見一輛車馬往來。這種孤獨、寂寞的感覺真是寫得何等深切。阮嗣宗說「獨坐空堂上」，是表示沒有人，「誰可與歡者」？也是沒有人，「出門臨永路，不見行車馬」，還是沒有人。於是，我就登上高山。

「登高望九州，悠悠分曠野。」我登上高山，瞻望那九州。「九州」是指整個的天下。中國古代分天下為九州。在夏朝的時候，稱冀州、兗州、青州、徐州、揚州、荊州、豫州、梁州、雍州為「九州」。商朝的時候，稱冀州、豫州、徐州、雍州、荊州、揚州、幽州、兗州、雍營州為「九州」。周朝的時候，稱揚州、豫州、荊州、青州、兗州、雍州、幽州、冀州、并州為「九州」。總而言之，我們中國人觀念之中所說的「九州」，就是整個天下的意思。阮嗣宗由空堂寫到永路，又由永路寫到登上高山望九州，瞻望整個天下，一步一步地推下去，說空堂之上沒有人，永路之上沒有人，於是，我登上高山看一看那九州整個天下之中究竟還有沒有人呢？看見什麼？「悠悠分曠野」。我看見的真是遼遠、蒼茫的一片荒涼的曠野。有人嗎？還是沒有人。所見的只有悠悠的曠野，真是寂寞、悲涼。這是何等的時代！果然是沒有人嗎？韓退之《送溫處士赴河陽軍序》說：

伯樂一過冀北之野，而馬群遂空。……非無馬也，無良馬也。

難道是真的沒有馬嗎？只是我找不出一匹良馬、騏驥來就是了，都是這樣平凡的，都是這樣鄙俗的，真是沒有一個能夠在這個時代之中有所作為的人物。那麼，阮嗣宗「登高望九州，悠悠分曠野」，只看見什麼？

「孤鳥西北飛，離獸東南下。」我只看見那些「孤鳥」，孤獨的鳥遠遠地飛走了，向西北方飛走了，我看到那失群的野獸向東南方跑下去了。這裡，如果是按照我們剛才所引用的吳淇的批評，說是「望九州，無人焉。所見惟鳥飛獸下耳」，那麼，這兩句詩就是極寫那一份荒涼、寂寞的感覺，無人的感覺。只有什麼？只有鳥獸而已，只有孤鳥、離獸而已，而且，連鳥獸都是這樣孤獨、寂寞。關於這兩句詩，還有另外一種解釋，就是陳沆的《詩比興箋》中的說法。陳沆這樣說：

悼國無人也。我瞻四方，蹙蹙靡所騁。途窮能無慟乎？孤鳥離獸，士不西走蜀，則南走吳耳。思親友以寫晤言，其孫登、叔夜之倫耶。

陳沆是把這首詩更加深求了。他說：「孤鳥西北飛，離獸東南下」這兩句詩是寫當時「士不西走蜀，則南走吳耳」，比喻在當時魏晉之交的時候，一些人不是向西投奔了蜀，就是向南依附了吳。他們都以為在曹魏這裡是無所作為了，曹魏已經是落日西斜的時候了。我以為，陳沆的這種解釋也可以作為一種參考。不過阮嗣宗本來的意思可能就是這樣一貫地寫下來的，表達一種寂寥的感覺，然後，再用後面的兩句詩加以總結。

「日暮思親友，晤言用自寫。」因為到處都沒有人，所以，到了日暮黃昏的時候，黑夜之中就更加寂寞了，我就如此地懷念我的親故友人了。「日暮思親友」，我真是希望有這樣一個親戚、故舊的朋友，我能夠跟他相見。「晤言」，《詩經》上常常用「晤言」兩個字。「晤」當然是說相見。「言」字有時在《詩經》中當一個語助詞，沒有什麼實在的意思。有的時候它當作談話、言笑來講。我們一般講「晤言」就是相見談笑的意思。阮嗣宗說，我真是盼望，尤其是當日暮黃昏、四望蒼茫的時候，真是懷念親友。沒有一個人能夠跟我晤對，跟我相言笑。「用」者，因此、因為、憑藉的意思。就是借著談笑，借著跟親友的「晤言」談笑而「自寫」。「寫」在這裡並不是寫字的意思，而是抒發、抒泄的意思。就是說，把我內心的一份感情抒泄出來。《詩經》的《小雅・蓼蕭》篇中說：「我心寫兮。」朱熹的《詩集傳》解釋說「我心寫兮」的「寫」字就是抒寫。抒寫就是把它傾倒出來，把它表現、流露出來，把它發洩出來。所以，阮嗣宗說「晤言用自寫」，我真是希望能夠找到一個親友，我們能夠相對地晤談、言笑。我借著這種談話可以把我內心之中的一份悲哀抒泄出來。所以說，這一首詩通篇所寫的是阮嗣宗的一份孤獨、寂寞的感覺，表現出他對自己內心的一份寂寞、悲哀要求發洩出來的一種希望。

北里多奇舞

北里多奇舞，濮上有微音。
輕薄閒遊子，俯仰乍浮沉；
捷徑從狹路，僶俛趣荒淫。
焉見王子喬，乘雲翔鄧林？
獨有延年術，可以慰吾心。

阮嗣宗的這首詠懷詩是寫當時有一些人，耽於淫靡的歌舞享樂之中。「北里多奇舞，濮上有微音。」「北里」，《史記》中《殷本紀》記載著說：

> 於是使師涓作新淫聲，北里之舞，靡靡之樂。

從前，紂王曾經使一個會音樂的樂師叫做師涓，「作新淫聲」，作一種新的非常淫靡的音樂曲子。「北里之舞」，同時，編制了一種舞蹈，叫做「北里之舞」。「靡靡之樂」，這種音樂曲子是非常委靡的，表現一種淫邪的感情。「北里」還有另外一種解釋，說「北里」是平康里。那是後世的孫棨的《北里志》上說：

平康里入北東門，東回三曲，即諸妓所居之聚也。

孫棨說，「北里」這個地方就是一些歌妓、酒女、妓女所居住的地方，是「所居之聚也」。「聚」不是聚會的意思，是所居住的意思。總而言之，無論古今，「北里」是指一些淫邪的歌舞。所以說「北里多奇舞」，在北里這個地方有許多淫靡的跳舞，「濮上有微音」，是寫淫亂的音樂。《禮記》的《樂記》上記載著說：

桑間濮上之音，亡國之音也。

注：濮水之上，地有桑間者。亡國之音，於此之水出也。昔殷紂使師延作靡靡之樂，已而自沉於濮水。於後師涓過焉，夜聞而寫之，為平公鼓之，是之謂也。桑間在濮陽南。（鄭玄）

《禮記》中這段話的意思是說，桑間濮上的音樂是亡國的音樂。那麼，什麼樣的樂曲叫「濮上之音」呢？《禮記》的注解上說：「濮水之上，地有桑間者。」就是說在濮水的上游有一個地方叫做桑間，亡國的音樂就出在此水上游桑間附近的地方。怎麼是從這裡出現的呢？「昔殷紂使師延作靡靡之樂，已而自沉於濮水。後師涓過焉，夜聞而寫之。」說從前商朝的紂王，曾經叫一個樂師師延作靡靡的音樂。不久以後，商紂就滅亡了，師延就自沉於濮水，跳進濮水裡自殺了。到了春秋的時候，有一個樂師叫師涓，他是衛靈公的樂師。有一天，師涓跟衛靈公到晉國去，他們經過濮水之上，半夜裡聽到了非常動聽的樂曲，於是，師涓就把這動聽的樂曲記錄了下來。當衛靈公和師涓到了晉國以後，「為平公鼓之，是之謂也」。當時晉國的國君是晉平公，師涓就為晉平公彈奏了濮上的音樂。當時，晉平公也有一個很有名的樂師叫師曠。師曠就跟晉平公說，不要彈奏這樣的音樂。晉平公就問師曠為什麼，師曠說，這個樂曲是亡國的音樂。這個樂曲是從前紂王的樂師師延所作的音樂。師延為紂王作了這個音樂之後不久，商紂就滅亡了。所以說，這個濮上的音樂是亡國的音樂。紂王的樂師師延就死於濮水之中。後來，每當有樂師經過濮水之上的時候，師延的魂靈就顯現，把他當年所作的那段樂曲彈奏出來，使經過這裡的樂師聽到這首樂曲。所以說，這首樂曲就是「亡國之音」。《禮記》上還記載著說，桑間這個地方就在濮陽的南邊。古代所說的濮陽就在現在河南滑縣東北的地方。

阮嗣宗這首詩說：「北里多奇舞，濮上有微音。」是說「北里」這個地方有很多淫靡的舞蹈，「濮上」這個地方有那種低低的、輕微的聲音。因為，「濮上」所發出的聲音是從前紂王的樂師師延的鬼魂所彈奏出來的隱約的、飄渺的、幽微的音樂。那麼，這首詩說的是什麼呢？有很多人認為，這首詩裡所寫的是曹魏當時的那個時代，有一些人耽溺於這種淫靡的歌舞生活之中。

「輕薄閒遊子，俯仰乍浮沉。」有些輕薄的閒遊子，他們的品行非常輕薄，是一些遊手好閒、不務正業的年輕人。他們喜歡北里之舞，他們喜歡濮上之音，「俯仰乍浮沉」。什麼叫「俯仰乍浮沉」呢？就是從俗俯仰，載浮載沉。這樣的人，他們沒有一個人生觀。他們人生所走的道路也沒有一定的安排和理想，就是隨俗浮沉，隨俗俯仰。「俯仰」就是隨隨便便地生活的樣子。「浮沉」者，好像在一個滔滔滾滾的洪流之中載浮載沉的樣子。就是說這些人在世俗之中過著非常淫靡、沒有人生主見、沒有人生目的、俯仰隨意、乍浮乍沉的生活。「捷徑從狹路，僶俛趣荒淫。」這些輕薄閒遊子，他們都從來不務正業，他們「捷徑從狹路」。他們不願意走正當的道路，他們要走捷徑，圖方便、圖便利、圖迅速，走那邪曲的小路。凡是人希望速成，希望僥倖，不用正當的手段，不用正當的方法，而用一種投機取巧的手腕都可稱之為所謂「捷徑」。他們要「從狹路」，於是，他們就走最窄狹的、最不正當的、邪曲的道路。「狹」者，狹邪之意。「僶俛趣荒淫」，他們追求的是什麼？是那荒淫的生活。「僶俛」兩個字實在是勉強、努力的意思。《詩經》中《國風．谷風》篇中說：「僶俛同心，不宜有怒。」《經典釋文》說，僶俛就是黽俛，黽俛就是勉力、努力去做的意思。「趣」同趨，就是所追求的。他們這些人所努力追求的是什麼？是「荒淫」，是荒淫的生活。剛才，我曾經說過了，阮嗣宗這首詩是寫當時的一些人只知道安於這種歌舞淫靡的享樂。清朝的曾國藩批評這首詩說：

> 前六句似譏鄧颺、何晏之徒。後四句則自況之語。言雖不能避世高舉，猶可全生遠害耳。

曾國藩的意思是說，阮嗣宗的這首詩前六句好像是在諷刺當時的像鄧颺、何晏這樣的人。那麼，鄧颺、何晏是何等人呢？

鄧颺是曹魏時候南陽地方的人。他在魏明帝的時候做過尚書郎，後來也做過中書郎。因為鄧颺這個人生活非常浮華，曾經一度被貶斥。後來，到齊王芳正始年間，鄧颺曾經出為潁州的太守，又做過侍中、尚書。鄧颺這個人「為人好貨」，喜歡財貨，喜歡物質享樂。後來，因為司馬懿說他是曹爽的羽黨，被殺死了。

何晏，我想大家比較熟悉這個人。何晏非常注意外表的美麗，說是「動靜粉白不去手」，他經常是裝飾用品不離開手邊。「行步顧影」，他走路的時候還顧影自憐，人稱「傅粉何郎」。何晏的容貌長得很美，他自己也很注重外表衣服修飾。後來，何晏也被司馬懿殺死了。

可見，在當時魏晉之世，社會上是有一些人非常注重、追求物質上的享受，而且還非常注意外表的浮華。所以，清朝的曾國藩以為，這樣的人物就是阮嗣宗這首詩中所指的人物，正是：「北里多奇舞，濮上有微音。輕薄閒遊子，俯仰乍浮沉。捷徑從狹路，僶俛趣荒淫。」他們所貪求的是那物質上浮靡的享樂，他們人生所走的道路是邪曲、不正當的道路。所以，他們所趨向的是荒淫，他們所走的路是狹路。這就是當時社會上的一般顯貴人物的生活。曾國藩說，這首詩的後四句就是阮嗣宗寫他自己內心之中的另外一種嚮往，不是寫「輕薄閒遊子」，不是過這種「趣荒淫」、「從狹路」生活的人。

「焉見王子喬，乘雲翔鄧林？」這兩句詩有兩種解釋。有人認為這兩句詩是承接前面「閒遊子」說下來的。意思是說，像你們這些閒遊子弟們只知道「從狹路」，只知道「趣荒淫」，你們哪裡能夠了解，哪裡能夠懂得像那仙人王子喬「乘雲翔鄧林」的境界呢？

王子喬相傳是古代的一個神仙。「乘雲翔鄧林」中的「鄧林」是什麼意思呢？在《山海經》的《海外北經》上記載著說：

夸父與日競逐而渴死，其杖化為鄧林。

大家都知道這個故事。說古代有一個人叫夸父。夸父這個人「與日競逐」，他跟太陽競走，一直想追上太陽，他能追上太陽嗎？他就飢渴而死，他手中本來拿著一個手杖，當他死了以後，他的手杖就化為一片樹林，這片樹林叫做「鄧林」。《列子》的《湯問篇》上說：

鄧林彌廣數千里。

說鄧林這一片樹林有幾千里之廣大。郝懿行的《山海經・注疏》以為「其地蓋在北海外」，說鄧林這個地方在北海之外。這當然是一種神話傳說了。夸父追日，「乘雲翔鄧林」，是寫一種神仙的生活，寫神仙的逍遙自在，遨遊之廣遠。「乘雲」是指神仙所乘駕的是雲車，乘坐的是白雲，飛翔在如此遙遠的海外那鄧林之上。阮嗣宗說仙人王子喬「乘雲翔鄧林」，這見於《楚辭》。《楚辭》上說：

譬若王喬之乘雲兮，載赤雲而陵太清。

意思是說，像這個仙人王子喬可以乘著天上的雲到處遨遊飛翔在太空之中。這是古人的一種想像。所以，清朝的何焯說：

「為見王子喬」云云，言輕薄閒遊者不足以見之也。

其意也是說這些「輕薄閒遊子」哪裡會懂得仙人王子喬的這種境界呢？

可是，也有人認為不是如此的。那麼，另外一種解釋就是清朝曾國藩所說的「前六句似譏鄧颺、何晏之徒」。曾國藩的這種說法剛才我已經引用過了。他說後四句呢？「後四句則自況之語，言雖不能避世高舉，猶可全生遠害耳。」曾國藩認為，後四句詩不是在說閒遊子，是「自況」，是說自己了，是自比的話。那麼，自比是什麼意思呢？曾國藩以為「言雖不能避世高舉，猶可全生遠害耳」。雖然是神仙之事不可得，天下哪裡有神仙？我怎麼能找到像王子喬這樣的人「乘雲翔鄧林」？那麼，可見曾國藩的意思就同何焯的見解不同了。何焯說輕薄閒遊子不懂得王子喬的境界。曾國藩的意思是說阮嗣宗自己知道不能夠做到王子喬的境界，不能夠避世高舉，像王子喬那樣「乘雲翔鄧林」是不可能做到的。我想，大家可以參照這兩種不同的說法。

「獨有延年術，可以慰吾心。」像神仙一樣的境界我雖然不能做到，但是，我至少可以保全我自己的生命，這一點總該可以做到了吧？所以，曾國藩說「雖不能避世高舉，猶可全生遠害耳」，或者我還可以保全我的生命，遠離一些禍害就是了。「獨有延年術」，只有這種保全生命的辦法才是我所追求的，「可以慰吾心」，可以安慰我自己的內心之中的一份孤獨和寂寞。

除了這兩種說法以外，還有一種解釋，就是清朝吳汝綸的說法。曾國藩的說法是說神仙不可得，他把「延年術」不講作神仙，講作保全生命。吳汝綸的說法跟曾國藩不同，吳汝綸認為：

後四句倒語也。言生當亂世，獨有求仙之一法，而仙人不可見也。

按照吳汝綸的解釋，是說「延年」是求神仙。他把「獨有延年術，可以慰吾心」倒過去解釋，先說這兩句，然後再說「焉見王子喬，乘雲翔鄧林」，意思是說，在這樣危亡、淫亂的時代，只有這種神仙的方術，可以給我們一種安慰。如果天下果然有神仙，讓我們能夠超脫於這樣危亡、淫亂的塵世，豈不是很好的嗎？然後，再倒過去講上面的兩句：可是，神仙有嗎？「焉見王子喬，乘雲翔鄧林？」神仙又是沒有的。如果按照吳汝綸的這種說法解釋，就把這首詩解釋得全然沒有一點希望了，即：我唯一的安慰是求仙，而神仙之世是渺不可得的。於是，我便一點希望也沒有了。在我們中國的古代詩歌中，詩人也往往有這樣的筆法，就是先把最後的悲慨說上來，我們可以倒上去講，說哪裡有王子喬「乘雲翔鄧林」這樣的事情？可是，我仍然嚮往著神仙的延年之術，以此來安慰自己。那麼，這樣講就把阮嗣宗的寂寞、悲哀的心情講得更深切了。

此外，還有清朝吳淇的說法。吳淇說：

以當時之事證之，如賈充之張水嬉以示夏統。蓋閒遊而趨荒淫者，豈知夏統乃乘雲而翔之子喬哉？

吳淇認為，如果以阮嗣宗當時所發生的一些事情來印證這首詩，我們就會發現，在當時有這樣一些人物，比如說像賈充這個人，他曾經「張水嬉」，他曾經在水上擺列、陳列了很多歌舞享樂的種種陳設、嬉遊，「以示夏統」，故意地把這種繁華、美好的歌舞、宴遊的享樂顯示給夏統看。像賈充這種人，這種只知道歌舞、宴享、誇耀豪富的人，「蓋閒遊而趨荒淫者」，他們就是喜歡這種閒散的媟褻之遊，而走向荒淫之路的。他雖然把這種種繁華歌舞、宴飲享樂表示給夏統看，然而，夏統並不動心。

那麼，夏統是一個什麼樣的人呢？夏統是永新這個地方的人。他小的時候，家裡孤貧。他以孝順著稱，很多人都曾勸他出來仕宦，但夏統都不肯做官。有一次，因為他母親生病了，夏統到都城給他母親買藥，當時，正是春天上祀佳節的時候，都城之中真是車水馬龍，可是，夏統絲毫不注意這些冠蓋京華的繁華富貴享樂的事情。賈充曾經叫一些歌妓、酒女盛服繞船三匝。穿著非常美麗衣服的歌妓、酒女層層圍繞著夏統所乘坐的船繞了三圈。而夏統呢？他危坐如故，仍然是正襟危坐，面不改色，絲毫也沒有羨慕這種富麗享樂的樣子，也絲毫沒有為這些華服的美女而動情的表現。因此，後來賈充就說夏統「此吳兒木人石心也」。因為夏統是吳地的人，他說夏統這個吳地的人真好像是一個木頭人，是石做的心肝，什麼他都不動心。有這樣的享樂，有如此的美色在他眼前，而他居然不動心。這是歷史上關於賈充和夏統的記載。

所以，清朝的吳淇就以為，「僶俛趣荒淫」指的就是賈充這些享樂的人。「焉見王子喬，乘雲翔鄧林」指的是夏統這一類人。那些只知道趨向荒淫、宴飲享樂的人，哪裡能夠了解還有這樣一種人，他們卓然高出於塵世之外，不羨慕一切富貴享樂，而有一份更高遠的感情的操守呢？像神仙王子喬，乘著雲霞遨遊於天上，他們哪裡了解這樣的人呢？按照吳淇的說法，當時的時代有兩種人物：一種人是喜歡看北里的奇舞，喜歡聽濮上的靡靡的亡國音樂。他們是輕薄閒遊的子弟，他們是俯仰、浮沉，隨波逐流。他們所走的路是那些捷徑、狹邪的小路，投機取巧的不正當的途徑。他們所努力追求的只是荒淫、宴樂的享受。這樣的人「焉見王子喬」？他們哪裡能夠像夏統這樣高潔的隱居的高士一樣呢？另一種人就是夏統這樣的高士，他們像神仙王子喬一樣，高潔、遠隱，不同乎流俗，乘著雲霞翱翔在遙遠的天地之外。關於「獨有延年術，可以慰吾心」這兩句，吳淇沒有加以解說。

綜合、比較以上幾種說法，我以為，應該是像吳汝綸這樣的說法更好。「焉見王子喬，乘雲翔鄧林？獨有延年術，可以慰吾心。」雖然是沒有神仙，而我仍然以為神仙是可以安慰我的。就是說以虛無的神仙自我安慰，那言外之意所表現的對現實生活的那種絕望、悲哀就更深了。所以，我倒是比較贊成吳汝綸的說法。

湛湛長江水

湛湛長江水，上有楓樹林。
皋蘭被徑路，青驪逝駸駸。
遠望令人悲，春氣感我心。
三楚多秀士，朝雲進荒淫。
朱華振芬芳，高蔡相追尋。
一為黃雀哀，涕下誰能禁？

這首詩也是阮嗣宗寫得很好的一首詩。「湛湛長江水，上有楓樹林。」「湛湛」兩個字是水很深的樣子。「湛湛長江水」，你看那滔滔滾滾如此悠長、如此之深的長江流水。蘇東坡有一首詞，說：「大江東去，浪淘盡，千古風流人物。」（《念奴嬌・赤壁懷古》）真是浩浩長江東逝水。「湛湛長江水」這五個字也是有出處的，出於《楚辭》的《招魂》篇：

湛湛江水兮上有楓，目極千里傷春心。

看一看那湛湛的江水，水邊上有一片茂密的楓林。阮嗣宗這裡也說「湛湛長江水，上有楓樹林」。在那如此滔滔滾滾、悠遠綿長的這樣深、這樣闊的江岸上面，有一片非常茂盛的楓樹的樹林。這兩句詩，我們從表面上看起來，只不過是寫長江江邊上遠望的情景而已。除此之外，還有什麼樣的涵義呢？劉履的《選詩補注》上說這首詩可能有另外更多的涵義。劉履說：

按《通鑑》，正始元年，魏主芳幸平樂觀。大將軍司馬師以其荒淫無度，褻近倡優，乃廢為齊王，遷之河內，群臣送者皆為流涕。嗣宗此詩其亦哀齊王之廢乎！蓋不敢直陳遊幸平樂之事，乃借楚地而言夫江水之上，草木春榮，其乘青驪馳驟而去，使人遠望而悲念者，正以春氣之能動人心也。彼三楚固多秀士，如宋玉之流，但以朝雲荒淫之事導而進之，無有能匡輔之者。是其目前情賞，雖如朱華芬芳之可悅，至於一旦遭禍，則終身悔之，將何及哉。故以高蔡、黃雀之說終之，亦可謂明切矣。

我們先把這一段的歷史簡單地說明一下。根據《資治通鑑》的記載，在齊王芳正始元年的時候，曹魏的君主就是曹芳。曹芳到平樂觀去飲宴遊樂。當時的大將軍司馬師就提出一種意見，他認為曹芳作為君主真是荒淫無度，「褻近倡優」，非常褻慢，而且接近一些娼妓、優伶一類的人物。司馬師就勸太后下詔，把齊王芳給廢了。當然，當時的齊王芳也果然有這種「褻近倡優」荒淫遊樂的行為，這是不可諱言的。而司馬師之廢齊王芳，也有另外的野心，這也同樣是不可諱言的。所以，當他勸太后下詔把齊王芳廢掉之後，就「遷之河內」，他當然把齊王芳從宮中趕走了，遷移到河內去。《資治通鑑》上說：「群臣送者皆為流涕。」當時的文武臣子送曹芳，送皇帝離開皇宮到河內去，都流下淚來。「嗣宗此詩其亦哀齊王之廢乎」！阮嗣宗的這首詩恐怕也是哀悼齊王芳那一次被廢的事情吧！

為什麼說這首詩裡邊所影射的是齊王芳被廢的事情呢？這首詩說的是齊王芳耽於飲宴遊樂的事情。「乃借楚地而言夫江水之上，草木春榮」。他就借著楚地，以楚地來假借，當作借喻，來比興寄託。在楚地的江水之上，草木春榮。「其乘青驪馳驟而去，使人遠望而悲念者」。有人騎著那青驪的馬，跑得很快，就消失了，使人向遠方望起來而非常悲哀，非常懷念。這裡，劉履說得很含混，是什麼人騎著青驪的馬馳驟而去呢？劉履沒有明指。關於「青驪」，當然是指青色的馬。有人認為，騎著青驪的馬馳騁是指當時齊王芳那種飲宴、荒淫的行為；也有人認為，這並不是指齊王芳荒淫、宴樂，青驪馬的消失是表示光陰消逝之迅速。總而言之，這首詩他們認為，「湛湛長江水，上有楓樹林」是一個比喻，以楚國的地方起興，以楚王比曹魏的君主齊王芳。

那麼，當時楚王手下有一個臣子是宋玉。宋玉擅長寫賦，他的賦裡邊曾經寫到「高唐」、「神女」的故事。宋玉說這位神女是「旦為行雲，暮為行雨。」（《高唐賦》）按照劉履的意思是說，像宋玉這些人輔佐楚王，而他所作的文章只是這種「旦為行雲，暮為行雨」，只是寫神女的荒淫故事，而沒有一個以正義輔佐君主，只是帶領君主去做一些荒淫、宴樂的事情。「皋蘭被徑路，青驪逝駸駸」阮嗣宗說，在這個來往的路上，已經長滿了皋蘭，是在那潮濕、低濕的皋澤之地。「皋蘭」是指皋澤之地所生長的一種植物，如香草、蘭卉之類的植物。

「被徑路」的「被」字是說遮蔽了、覆蓋了。就是說皋蘭已經長得很茂盛，把路都遮蔽了。「青驪逝駸駸」可以看到有一個人騎著青色的馬，「駸駸」是馬跑得很快的樣子。就這樣很快地消逝了。有人認為，「皋蘭被徑路」所指的是小人妨礙了君子之途，使君子之途不暢通了。也有人認為「青驪逝駸駸」指的是齊王芳耽於遊宴、享樂的行為。總之，認為這幾句詩是有所託喻的。

「遠望令人悲，春氣感我心。」當我站在江邊上遠望的時候，那一份荒涼、寂寞的情景，光陰消逝如此之迅速，真是讓人內心如此悲哀。「春氣傷我心。」又到春天了，春天是讓人感動的季節。所以「春女善懷，秋士易感」。我們看到那時節的推移，春天的來臨，草木的發生，使人有種種的觸發和感動。因此說，「遠望令人悲，春氣感我心」。

「三楚多秀士，朝雲進荒淫。」「三楚」是指三楚之地。孟康的《漢書注》上這樣說：

舊名江陵為南楚，吳為東楚，彭城為西楚。

《文選》李周翰的「注解」上說：

楚文王都郢，昭王都鄂，考烈王都壽春。

關於「三楚」有這兩種解釋。總而言之，「三楚」是指楚國的地方。像「三楚」這個地方本來是有很多才智秀美的人。「秀士」者，文采秀出的人物，比如像楚地作者宋玉這些人。「朝雲進荒淫。」「朝雲」出於宋玉的《高唐賦》。《高唐賦》上說：

> 昔者先王嘗遊高唐，……夢見一婦人曰：「……妾在巫山之陽，高丘之阻。旦為朝雲，暮為行雨，朝朝暮暮，陽臺之下。」

從前襄王曾經夢遊高唐，夢見有一個婦人。婦人說，我就住在巫山的山陽。「山陽」是說山的南面。婦人說，我就住在那高丘險阻的山上。早晨的時候，我就化身為雲，晚上的時候，我就化身為雨。朝朝暮暮來往在陽臺的下面。阮嗣宗說，宋玉的這一篇《高唐賦》是一篇荒淫之賦，是一篇以女色而導入荒淫之賦。當然，關於這一篇《高唐賦》也有很多的解說。阮嗣宗在這首詩中所說的是「朝雲進荒淫」，就是說《高唐賦》所寫的這個女孩子「旦為朝雲，暮為行雨」，是一篇教人荒淫的賦，是一篇以美女誘人走向荒淫的賦。說「三楚」這裡有如此美好的才秀俊美之士，而這些人，他們為什麼不帶領國君走向一個正當的途徑，只是向國君說這樣一些荒淫的話，來誘導國君走向荒淫之路呢？

我在開始講阮嗣宗的詠懷詩之前，就曾經說過，阮嗣宗的詠懷詩真是「言在耳目之內，情寄八荒之表」，是「百代以下，難以情測」。這是前人對阮嗣宗詠懷詩的評語。

現在，我們來看一看阮嗣宗在這首詩中所寫的這些風景事物，好像也是在現實的景物之中常常看到的，是「言在耳目之內」的。可是，阮嗣宗所寫的都不是這些表面的景物而已，而都有更多、更深的涵義，是「情寄八荒之表」。那麼，他究竟所含的涵義是什麼呢？「百代之下，難以情測」。我們千百代以下的人，真是難以用感情來推測。因為阮嗣宗生當那魏晉之間的一個時代，常常恐怕有殺身之禍，他內心之中有很多悲慨，有很多憂憤，都沒有辦法、不敢明白地說出來。因此，實在是難以推測，很難加以解說。這首詩也是非常難以解說的一首詩。「湛湛長江水，上有楓樹林。皋蘭被徑路，青驪逝駸駸。遠望令人悲，春氣感我心」，這幾句詩我們從字句的外表上講，是寫楚地的景物。可是，我們光從外表上講是不夠的。阮嗣宗的這幾句詩實在都是有出處的。他實在用的是《楚辭》裡邊宋玉的《招魂》中的一些句子。我剛才曾經引用過《招魂》的句子，《招魂》中說：

湛湛江水兮上有楓，目極千里兮傷春心。

《楚辭》王逸的注解解釋這兩句詩說：

言湛湛江水浸潤楓木，使之茂盛。傷己不蒙君惠而身放棄，曾不若樹木得其所也。

王逸認為，這樣深湛的滾滾滔滔的江水，它的水氣浸潤到江邊上楓樹的樹木，就使得楓樹長得如此之茂盛。那麼，王逸的這種解釋是什麼意思呢？王逸又解釋說，這是一種比喻，楓樹得到江水濕潤的潤澤，長得這樣茂盛。可是，有些臣子，他們沒有蒙受到君主的任用、知遇，反而被放棄了，那麼，這些臣子還比不上一棵樹。楓樹真是生得其所，能夠生長在這樣一個好地方，得到江水的滋潤，長得枝繁葉茂，有些臣子真是生不逢辰，沒有能夠得到一個美好的時代，也沒有遇到一個美好的君主。我認為，阮嗣宗這首詩用了《招魂》中的這兩句的典故，很可能也同時用了《招魂》中的這一份意思。他不但是寫了外表的景物，同時，也隱含有一份不得知遇，不得任用，生不逢辰的悲哀。

那麼，「皋蘭被徑路，青驪逝駸駸」，在《楚辭》宋玉的《招魂》中是什麼意思呢？《招魂》中有這樣一句詩：「皋蘭被徑兮斯路漸。」王逸的注解說：

漸，沒也。言澤中香草茂盛，覆被徑路，人無採取者。水來增溢，漸沒其道，將致棄捐也。

王逸以為，「漸」，就是沒，遮蓋的意思。「澤」就是所謂皋澤、潮濕的地方。那澤中的香草，像蘭蕙長得非常茂盛，遮蓋了人來往的小路，沒有人採取這些皋蘭，水就慢慢地漲高了，把路給淹沒了。按照王逸的說法，皋蘭長得滿路，本來可以採擇，可是，路被水給淹沒了，所以，皋蘭也沒有人採了，路上也沒有人經過了，這條路是如此之荒涼了。「皋蘭被徑路」，這句詩應該是說賢才不被任用，反而被棄捐了。

「青驪逝駸駸」是什麼意思呢？宋玉的《招魂》也有這樣一句：「青驪結駟兮齊千乘。」「青驪」是青黑色的馬。「結駟」的意思是說四匹馬駕一輛車。「齊千乘」是說非常整齊地有千輛車。王逸的注解說：

言屈原嘗與君俱獵於此。官屬齊駕駟馬，或青或黑，連車千乘，皆同服也。

說屈原還沒有被放逐的時候，曾經跟楚國的國君楚王一同在江邊上狩獵。當時，有許多侍從官屬，他們都駕駟馬的馬車，有青色的馬，有黑色的馬，有一千輛之多。按照王逸的注解，我們就不能泛泛地把阮嗣宗的這句詩解釋為光陰之迅速了。一般人形容光陰流逝之快，常常說「白駒過隙」，白駒也是指馬，也未始不能以馬跑得快來形容光陰消逝的迅速。可是，我們看這首詩的「湛湛長江水，上有楓樹林。皋蘭被徑路，青驪逝駸駸」都是出於宋玉的《招魂》原文，我們當然還是以《招魂》的意思來解釋為好。因為，阮嗣宗接連用了這麼多《招魂》的句子，應該不是偶然的，也不是泛泛的這樣用。那麼，「青驪逝駸駸」是什麼意思呢？是說當年的屈原曾經與楚王在一起田獵，而今日的屈原已經被放逐了。意思是感慨忠臣之被放逐，以及楚國之走向衰亡的途徑。

可是，我上面曾經說過劉履的《選詩補注》上說這首詩阮嗣宗的意思是哀悼齊王芳之被廢棄。說齊王芳不能夠任用賢臣，所以，後來終於被廢棄了。如果按照劉履的另外一個意思來說，認為是齊王芳耽溺宴樂，喜歡遊宴享樂，以此把「青驪逝駸駸」解釋成形容田獵、遊樂之盛也是可以的。因為《招魂》中的「青驪結駟兮齊千乘」就是寫當時楚王遊獵之盛的。

關於阮嗣宗的這幾句詩，有很多種不同的解釋，所以，我們就把這種種解釋都介紹給大家。阮嗣宗的詩真是託意深遠，「百代以下，難以情測」。究竟哪個解釋好，仁者見之謂之仁，智者見之謂之智。

如果按照劉履的說法，寫齊王芳耽於遊樂而不能任用賢臣，所以「遠望令人悲，春氣感我心」。當我向遠方張望的時候，看見那江水，看見那楓林，看見那皋蘭遮蔽了徑路，看見那馳騁奔馳的那或青或黑的千乘的車馬，「遠望令人悲」了。因為君王不能任用賢臣，而如此地耽於宴樂，當然是令人心悲的，當然是讓這些有心有志之士內心之中充滿了憂憤的悲哀了。「春氣感我心」，春天是一切生命成長的季節，人類在春天的感慨是最多的。看到春天草木的發生而想到人的生不逢辰，看到春天草木之欣欣向榮、各得其所，想到多少賢臣的放逐失意，當然是「春氣感我心」。縱使我們不從這樣深的比興寄託來解釋，只是春天的一份景物也夠使人悲哀的了。像杜甫所說的：「國破山河在，城春草木深。感時花濺淚，恨別鳥驚心。」（《春望》）這個城又到春天了，草木又開始茂盛起來了，可是，國家、時代呢？在草木茂盛的對比之下，那國家的黑暗、時代的危亂的一份悲哀，也已是意在言外了。所以，在這危亂的時代，一切的花草、蟲鳥都會使我們感動，都會使我們悲哀。所以，阮嗣宗說：「遠望令人悲，春氣感我心」。

「三楚多秀士，朝雲進荒淫。朱華振芬芳，高蔡相追尋。一為黃雀哀，涕下誰能禁？」如果說這首詩前面幾句是以景物起興，以長江水、楓樹林起興，那麼，後面的詩句就是真的感慨到當時的時事，就更明鮮、更激切了。「三楚多秀士，朝雲進荒淫。」阮嗣宗本來是用《招魂》的字句寫的這首詩，背景本來就是楚地、楚國。他說楚國這裡本來有很多有文采的才秀之士，像屈原、宋玉豈不是楚人嗎？可是，三楚的秀士有人寫作出來的作品卻是一些荒淫的作品，像宋玉不是就曾經寫過《高唐賦》、《神女賦》嗎？我前面曾經引了《高唐賦》中神女的故事，她是「旦為朝雲，暮為行雨」。在《高唐賦》後面宋玉也說了一些諷諫、喻託的意思，可是，大半部分內容都是寫神女的故事。有很多人解釋這一類辭賦認為，像漢賦中的《羽獵賦》寫君王的田獵之盛，其中也有幾句諷諫的意思，勸說君王不要耽於遊宴逸樂，然而，在《羽獵賦》中往往有大段鋪陳寫田獵的盛麗美好。雖然《高唐賦》裡也有幾句諷諫的意思，可是，其中絕大部分篇幅都是寫神女的故事，尤其是《神女賦》中主要是寫這個女孩子如何之美妙。所以說，像這樣的作品縱使它有一兩句諷諫的意思，而其中大部分內容是在寫逸樂、荒淫。這就如同一些小說、電影，它也許有一點點諷刺的作用，然而，大部分篇幅是表現那種邪惡、淫亂的生活，給人們以很不良的影響。所以，現在阮嗣宗就用這樣的詩句來說宋玉的賦，是「朝雲進荒淫」，說三楚有很多才秀之士，可是，他們所進獻給楚王的是什麼？是那朝雲暮雨的高唐神女的賦，那是荒淫的賦，是「朝雲進荒淫」。這裡，阮嗣宗用典故，只是斷章取義，因為他本來是不是就果然荒淫，並不是阮嗣宗所要寫的，阮嗣宗是用此來作比喻，寫當時曹魏的那個時代。清朝的蔣師爚看到阮嗣宗的這首詩就說：

按《曹爽傳》有南陽何晏、鄧颺、沛國丁謐。晏乃進之孫，颺乃禹後。《後漢書・何進傳》，南陽宛人。《鄧禹傳》，南陽新野人。是皆楚土，皆進自爽。

蔣師爚所說的《曹爽傳》就是《三國志》的《曹爽傳》。《曹爽傳》裡所記載的一些人物，有南陽的何晏、鄧颺，和沛國的丁謐。何晏是何進的孫子，鄧颺是鄧禹的後代。我們根據《後漢書》的《何進傳》中記載，何進是南陽宛這個地方的人。根據《鄧禹傳》記載，鄧禹是南陽新野這個地方的人。南陽「宛」這個地方跟南陽「新野」這個地方都應該是屬於從前的楚地。如此說來，何進跟鄧禹都是南陽人，都是楚人。何進、鄧禹的子孫，也就是當時的何晏跟鄧颺。像何晏、鄧颺這些人當然也應該是楚人了。他們當時喜歡奢靡，喜歡淫樂，所以，阮嗣宗說「三楚多秀士，朝雲進荒淫」。楚地本來應該有許多才秀之士，可是，曹爽所親近、任用的一些人，像何晏，像鄧颺都是荒淫的人。

我以前曾經說過何晏跟鄧颺是荒淫的人。在前面講《北里多奇舞》這首詩的時候就曾經說，有人認為「輕薄閒遊子，俯仰乍浮沉。捷徑從狹路，僶俛趣荒淫」指的是誰？曾國藩就說，所謂「僶俛趣荒淫」指的是何晏、鄧颺這些人。現在，蔣師爚認為「三楚多秀士，朝雲進荒淫」指的還是何晏、鄧颺這些人。所以說，「朝雲進荒淫」所進用的是些朝雲暮雨的高唐神女這樣荒淫的人，並不是指的宋玉，並不是說宋玉果然就荒淫，阮嗣宗不過是斷章取義罷了，用他來指何晏、鄧颺這些人物。

下面，阮嗣宗感慨的意思是寫得很明白的。

「朱華振芬芳，高蔡相追尋。」「朱華振芬芳」很容易懂，「朱華」就是紅色的花。所謂「振」者，就是發散出來的意思。他說有紅色的花朵發散出來這樣芬芳的香氣。這一句比喻的是什麼呢？是比喻那興盛美好的日子。你表面上看起來，像曹魏的齊王芳耽於荒淫、享樂，當然是因為他有能力去荒淫享樂。表面上看起來好像是歌舞興盛，可是，就因為如此逸樂的結果，招致了禍患敗亡，於是說，「高蔡相追尋。一為黃雀哀，涕下誰能禁」？「高蔡相追尋」是什麼意思呢？「高蔡」就是蔡，楚的一個地名。《戰國策》中《楚策》上記載著這樣一件事，楚國的莊辛（人名）曾經諫勸楚王（襄王），因為楚襄王耽於逸樂，後來秦就發兵來攻打楚，楚就失敗了，失去了很多地方。所以，莊辛就諫勸楚襄王說：

> 郢必危矣。王獨不見黃雀，俯啄白粒，仰棲茂樹，鼓翅奮翼，自以為與人無爭。不知夫公子王孫，左挾彈，右攝丸，以其頸為的，晝遊茂樹，夕調酸鹹耳。黃雀其小者也，蔡靈侯因是以，南遊高陂，北陵巫山，飲茹溪之流，食湘波之魚，左視幼妾，右擁嬖女，與之馳騁乎高蔡之中，而不以國家為事。不知夫子發受命於宣王，繫己以朱絲而見之也。（《文選》李善注引）

莊辛說：「郢必危矣。」「郢」就是楚國的國都。他說，楚王你如果是再這樣的耽於荒淫宴樂的事情，我們的郢都就危險了。你自己以為現在的遊宴很快樂，可是，你不知道將要有危險了，像那黃雀鳥一樣。你沒有看見黃雀鳥嗎？牠低下頭來可以吃到白色的米粒，牠揚起頭向上飛，可以棲息在豐茂的樹林上。牠張開翅膀，奮起牠的羽翼，牠自己以為非常得意。牠以為沒有人可以傷害牠，與人無爭。然而，牠不知道，也沒有想到有一些公子王孫，他們出來打獵，左手挾著彈弓，右手拿著彈丸，就以這個黃雀的脖子，牠的頭頸當作他們射彈丸的一個目標。所以，這個黃雀鳥牠早晨的時候還遨遊在那豐茂的樹林之中，到晚上的時候，就調了酸鹹了。調了酸鹹是什麼意思呢？是說牠被那些王孫公子給射中了，而且把牠烹食了，用酸鹹的食物的佐料把牠烹熟了，吃掉了。他說，黃雀鳥還是一個小小的事情，蔡靈侯也是這樣的。「蔡靈侯」怎麼樣呢？蔡靈侯也是耽於晏樂。他南去要遊高陂的地方，北去要遊巫山的地方。「陵」就是登臨的意思。「陵巫山」就是上到巫山的上面去，寫這種遨遊的自由。他要飲茹溪的水流，要吃湘波水中那鮮美的魚。左邊看到那麼年輕的姬妾，右邊擁抱著他如此愛寵的女子。他們常常馳騁射獵在高蔡之中。他們不關心國家的政事，「不知夫子發受命於宣王，繫已以朱絲而見之也」。他說，蔡靈候不知道楚國一個叫子發的大夫已經受命於楚國的先王，就要把蔡靈侯俘虜了，把他用朱絲繩囚繫起來，帶他去見楚王了。這裡，莊辛所用的兩個比喻就是說，黃雀鳥耽於逸樂，不知道有公子王孫來傷害牠；蔡靈候耽於逸樂，不知道楚國將要派一個大夫子發來攻打他。那麼，現在呢？楚襄王也耽於逸樂，不知道秦國將要派軍隊來攻打他，他就危險了。當年曹魏的齊王芳，也是耽於逸樂，不知道司馬氏父子正是有窺竊篡魏的野心。所以，他只知道「朱華振芬芳」，他只知道眼前的這種浮沉享樂，這樣的興盛繁華。「高蔡相追尋」，在高蔡這裡馳騁、來往，這樣地射獵、遊宴、享樂。可是，有一天，「一為黃雀哀」了，一下就發生了像黃雀這樣的悲哀。當他遨遊、歡欣、快樂的時候，他被公子王孫偷偷地用彈弓打死了，跌落了，「朝遊茂樹，夕調酸鹹」了。有一天，曹魏耽於宴樂的君主，他的國家被人篡奪了，那時候，就無法再挽回了。「涕下誰能禁」？我只要想到這些事情的可能發生，一想到宴樂之後所隱藏的那一份敗亡的危險，真是「涕下誰能禁」？我流下滿衣襟的淚水，誰能夠止住呢？「涕下」是涕淚交流地流下來。「禁」應該念平聲，因為這首詩押韻是押的平聲韻，然而，牠的意思是禁止。真是涕淚交流地流下來，誰能夠忍得住，誰能夠把淚忍住呢？可見，這首詩是阮嗣宗寫得非常悲哀的一首詩，非常沉痛的一首詩，真是預先就看到了曹魏敗亡的危險了。「一為黃雀哀，涕下誰能禁？」這結尾的兩句詩結得非常有力量，非常沉痛。

現在，我們把阮嗣宗的詠懷詩結束了。我以前曾經說過，阮嗣宗的詠懷詩在魏晉之間可以說是最好的作品。雖然嵇康和阮嗣宗並稱於文壇、詩壇，可是，如果說到詩的含蘊、寄託的深切，嵇康實在是比不上阮嗣宗。嵇康只是在詩的氣勢上表現得非常勁直，非常清峻，非常激切而已，而如果以情意的深厚來說，還是阮嗣宗的詩寓託深遠。

葉嘉瑩作品集 4

阮籍詠懷詩講錄

作　者：葉嘉瑩
責任編輯：李濰美
封面設計：蔡怡欣
文字校對：陳錦生、蔡雯
法律顧問：全理法律事務所董安丹律師
企　畫：網路與書股份有限公司
地　址：台北市 105 南京東路四段二十五號十一樓
網　址：www.netandbooks.com
出　版：大塊文化出版股份有限公司
地　址：台北市 105 南京東路四段二十五號十一樓
網　址：www.locuspublishing.com
讀者服務專線：0800-006689
電　話：(02) 87123898　傳真：(02) 87123897
郵撥帳號：18955675　戶名：大塊文化出版股份有限公司
總 經 銷：大和書報圖書股份有限公司
地　址：新北市新莊區五工五路 2 號
電　話：(02) 89902588（代表號）　傳真：(02) 22901658
初版一刷：二〇一二年十二月
ISBN 978-986-213-402-3
定　價：新台幣二五〇元
Printed in Taiwan

阮籍詠懷詩講錄 / 葉嘉瑩 著；
一 初版. 一 臺北市 ： 大塊文化 ：
2012.12 ： 面 ；　公分. 一 (葉嘉瑩作品集 ; 4)
ISBN 978-986-213-402-3

851.424　　101023786